*Feu le vieux monde*

SOPHIE VANDEVEUGLE

# *Feu le vieux monde*

ROMAN

DENOËL

*Sia con noi*

# I

L'aube s'ouvrit sur un ciel de fumée. La ville, entourée de collines qui la regardaient, semblait bien frêle là-dessous, presque prise en étau, et n'avait plus pour horizon que ce ciel anthracite qui, à mesure que se levait un soleil de feu, s'orangeait. Sous l'épais nuage, les monts s'alignaient, couverts de bois et de champs qu'interrompaient par endroits quelques fermes isolées ; on aurait dit une longue mer immobile d'où surgissaient de hautes vagues sans jamais chuter sur l'écume florissante. La nuit, sans crainte des voleurs, toutes fenêtres ouvertes, avait été longue : depuis plusieurs semaines il ne pleuvait pas et demeurait, impitoyable, une chaleur de désert qui gardait l'air toujours brûlant et sec. Une chaleur à coller, à suer au moindre effort et à ne rien faire, aussi. L'herbe partout où l'on y marchait craquait, semblait sur le point de s'émietter, jaune et courte ; les premiers volets des bâtisses de Bas-les-Monts s'ouvrirent sur des balcons et des parterres où fanaient les fleurs, têtes basses, que l'on ne pouvait plus arroser.

Dans une de ces petites maisons de brique où courait du lierre, coincée entre deux autres du même acabit, la chambre à l'étage, qui donnait sur un minuscule jardin, était étouffante. Les bras le long du corps, sa couverture rejetée au bout du lit et traînant à moitié sur le sol, une petite fille fixait le plafond au-dessus d'elle, où une mouche se promenait tête en bas. Ni l'une ni l'autre n'avaient plus sommeil et l'humaine, derrière les rideaux translucides et immobiles, aperçut au loin le soleil comme déposé sur l'horizon vallonné. Elle se leva pour ouvrir grand les fenêtres mais, déçue, constata que pas un soupir d'air n'entrait dans la pièce. Elle resta un instant accoudée là, penchée dans le silence qui perdurait encore un peu avant que l'aube, pour de bon, réveille la ville. Un troglodyte passait d'une branche morte du cerisier à la haie d'aubépines au fond du jardin, transportant parfois dans son bec une brindille ou un insecte à l'agonie. La petite fille observait ses allées et venues et sur sa nuque déjà s'écoulaient des gouttes de sueur ; l'appui de fenêtre était chaud, bien que le soleil n'émergeât que loin derrière le nuage.

Quand, soudain, un bourdonnement matérialisa le ciel, elle en chercha là-haut la source : le troglodyte s'était envolé à l'approche du grommellement qui allait crescendo, une espèce de vibration inquiétante qui envahissait l'atmosphère et sembla enfermer le bourg dans ce bruit auquel personne ne pouvait échapper. Elle ne discernait rien encore mais le son augmentait, augmentait ; bientôt, elle n'entendit plus aucun chant – rien que le grognement du volatile de métal, seul oiseau de mauvais augure. Enfin, elle vit le son. Deux avions perçaient le ciel. Ils survolèrent toutes les maisons et, un peu plus loin, ils ouvrirent leurs ventres au-dessus des collines avant de disparaître dans le nuage de fumée. La petite fille avait déjà aperçu les bombardiers auparavant, mais chaque jour ils approchaient davantage de la ville et avec eux le front, ligne lointaine d'hommes affamés qui avaient les jambes comme des brandons.

Elle se redressa rapidement, fit d'abord un pas en arrière, pieds joints et poings fermés, comme liés, puis sortit de la pièce et faillit marcher sur une des lettres en métal qui formaient son prénom sur la porte de sa chambre – elle s'appelait Silvia, le second *i* était à terre. Elle le ramassa et se précipita dans la chambre de sa mère, qui dormait encore mais qu'elle réveilla aussitôt.

— Les avions ! lui dit-elle, doucement puis plus fort. Les avions !

Sa mère se redressa, se leva sans rien enfiler par-dessus son caraco bleu ligné, bordé d'une dentelle que le temps avait effilochée, et la suivit dans sa chambre, où à son tour elle regarda par la fenêtre. Elles scrutèrent un instant le gros nuage de fumée où l'on voyait, de temps à autre, dépasser un morceau d'avion. La petite fille s'accrocha au coude moite de sa mère, avec les traits du visage tirés.

— Nino, tu crois qu'il est là-dessous ?

La mère secoua la tête, caressa sur son bras la petite main brûlante.

— Je ne sais pas, ma puce, je n'en sais rien.

Entre leurs deux chambres, une porte restait fermée depuis trois semaines, une vingtaine de jours sans grincer sur le parquet gonflé du premier étage. C'était la chambre du fils et frère, que la lutte avait emporté sur les collines.

*

Là-bas sur les hauteurs, au même instant, sous un vieil abri en ruine à moitié debout, un garçon regardait par l'énorme trou du toit, allongé sur le sol de terre. De vieux brins de paille lui chatouillaient le dos et des gouttes de sueur stagnaient sur son front – il avait cessé depuis un temps déjà de les essuyer du revers de la main. Sur lui aussi, la chaleur accablante poissait; c'était à se demander si mouches et moustiques ne finiraient pas, un de ces jours, par y rester embourbés. Accolé au mur opposé du minuscule abri, écrasé sur son côté droit, sans un soupir, Nino dormait. Le garçon se leva, jeta un coup d'œil au gros galet argenté dans le coin de la cabane, puis s'adossa au chambranle de la béance, où il avait dû y avoir jadis une barrière pour tenir un troupeau à l'écart de la liberté. Il bâilla et couvrit sa bouche de la main gauche, une main aux ongles noircis, où chaque pli de la peau était rugueux et gardait depuis des jours une odeur de terre et de cendre. La forêt s'allongeait droit devant et partout autour, sur les collines, sur des kilomètres. Les bois par endroits cédaient le terrain aux champs et aux prés que peu de bitume traversait, ce qui ralentissait les déplacements de la troupe, d'un bout à l'autre du front. Le jeune homme fit quelques pas sous le ciel aux diverses teintes de gris, de l'albâtre au gris souris; d'ici, on voyait encore moins qu'en ville l'aube se lever, mais elle était bien là, qui zigzaguait entre les arbres pour éblouir toute la campagne.

Il fixait devant lui la forêt quand il sembla tout à coup ne plus y avoir un seul mouvement – c'était la vibration céleste qui arrivait ici aussi, après le bourg figeant aussitôt le monde sous la menace. Depuis des jours, le vent avait pris l'habitude d'apporter les avions : partout on savait que ces bourdons métalliques n'étaient jamais que mauvais présage – toutes les prunelles de la région avaient appris à scruter dans les cieux l'odeur du front qui approche et les enfants, à l'école, feignaient parfois de ne plus savoir reposer leurs yeux sur terre, pendant que d'autres s'amusaient de ces globes blancs leur donnant l'air de fantômes.

Le garçon courut jusqu'à la cabane; déjà, loin dans la forêt, il entendait crépiter les premiers éclats de lumière qui s'évaporaient en fumée dans le ciel. Il s'accroupit auprès de Nino et sa voix chuchota sous l'abri de fortune.

— Nino.

L'autre ne bougeait pas encore.

— Nino!

Il lui secoua l'épaule.

— Nino, réveille-toi!

— Tu as fait un cauchemar? demanda une voix pâteuse.

— Non, c'est moi, Joseph.

Nino s'éveilla enfin, se redressa sur les coudes et, regardant autour de lui puis apercevant la silhouette de Joseph que, les paupières encore mi-closes, il prit un instant pour sa petite sœur Silvia, il se frotta les yeux et remua la tête, comme pour en chasser le reste de somnolence.

— Qu'est-ce qu'il y a?

— Les avions, tu ne les entends pas? Ils passent juste au-dessus de nous.

Dans le ciel, la vibration errait toujours, elle semblait frapper la canopée, dévaler les troncs et rebondir sur le sol – Nino, alors, se réveilla pour de bon et se leva sur-le-champ. Ils sortirent et tous les deux, devant l'abri, scrutèrent, inquiets, le ciel. Il apportait jusqu'à terre, à hauteur d'hommes, l'écho de nouveaux fronts. C'était dans les airs une ronde qui recommençait et, sans plus attendre, Nino retourna sous l'abri chercher son sac et la veste dont il s'était fait un coussin ; « Cours ! » cria-t-il, devançant déjà Joseph, et ils se mirent à détaler, s'éloignèrent au plus vite. Derrière eux, on aurait dit que la menace ricochait d'écorce en écorce ; ils traversèrent les bois à foulées rapides, sans regarder en arrière, percevant seulement la lumière bruyante qui avançait, qui coulait sur la campagne à grands coups de feux. Il leur fallait parcourir ce flanc du mont pendant des dizaines de minutes, qui semblaient s'étirer en heures ; Joseph, le souffle court, peinait à suivre Nino, qui l'encourageait.

— Ne t'arrête pas ! Ne t'arrête pas de courir, nous ne sommes plus si loin.

En effet, les jambes tremblantes sous l'effort, petits sous les hauts arbres qui les regardaient, envieux, s'échapper, ils arrivèrent près d'une de ces routes qui coupent en deux la forêt et purent la traverser pour rejoindre l'autre rive de la campagne, manquant plusieurs fois de tomber sur le sol terreux où les racines des arbres dessinaient en relief des méandres veineux.

— On y est presque, dit Nino. Espérons seulement qu'ils ne se seront pas aperçus de notre absence, au camp.

Il était de deux ans le cadet de Joseph ; les mèches blondes qui tombaient sur son front lui donnaient, sous un certain angle, l'air d'un adolescent. Son tee-shirt blanc, sale, s'accrochait à ses omoplates en plaques humides qui descendaient le long de la colonne vertébrale. Il avait le visage encore un peu rond de la jeunesse et ses joues étaient rosées sous sa peau brunie par le soleil ; rebondies, elles étaient couronnées de deux yeux d'un bleu azurissime que de longs cils foncés recouvraient d'ombre.

Ils arrivèrent bientôt à une route où deux camions débarquèrent soudain, roulant à vive allure sur d'épais pneus crantés comme ceux de bas et longs tracteurs ; ils plongèrent dans le fossé, baissèrent la tête.

— Je savais bien que c'était une mauvaise idée, murmura Joseph.

— Je n'ai jamais prétendu que c'en était une bonne.

Les camions s'éloignèrent sans les voir et les deux garçons retournèrent sur la route - au bout, c'était le camp.

— Il fallait que je le fasse, reprit Nino. C'était une promesse, Jo.

Il s'arrêta un instant de courir.

— Hé, ma petite, murmura-t-il en s'accroupissant au milieu de la route ; il ne faut pas rester là.

Il porta une sauterelle sur le bas-côté et la regarda disparaître en une seconde dans les hautes herbes jaunes.

— Une promesse est une promesse, à ce qu'on dit.

Une centaine de mètres plus loin, ils arrivèrent enfin au camp ; au milieu de l'agitation, on ne remarqua pas qu'ils venaient des bois et non des tentes où ils étaient censés avoir passé la nuit. Partout, les hommes s'activaient, grimpant au pas de course dans les camions. Les deux garçons se dépêchèrent d'aller sous leur tente où, autour des lits d'appoint défaits, leurs camarades se préparaient à partir. Quelques voix leur demandèrent où ils étaient passés mais Joseph et

Nino ne répondirent pas et, en vitesse, enfilèrent à leur tour leur uniforme. Une minute plus tard, tous s'échappaient de l'atmosphère lourde et endormie de la tente pour rejoindre le sergent Montiel, avant de monter dans les camions. Il ne resta alors plus dans le camp vide qu'un vague silence qu'accompagna encore une paire de secondes le bruit des véhicules s'en allant les uns après les autres, dans l'urgence – au-dessus du camp ébranlé tournaient toujours les avions ; bientôt, les gars arriveraient en renfort sur la ligne qui s'était allumée en lisière de jour.

Les camions se précipitaient sur les routes sinueuses de campagne et quand Montiel, à l'avant, ouvrit la fenêtre, une odeur de fumée parfuma tout l'habitacle ; le sergent parlait dans la radio et ses hommes, à l'arrière, ne comprenaient pas tout des mots qui en sortaient, embrouillés, grésillant. Il y en avait qui bâillaient encore, mais la peur ouvrit bientôt grands tous les yeux qui se retrouvèrent à scruter partout autour l'avancement de l'ennemi – à mesure qu'ils approchaient, on entendait de plus en plus ses cris et ses coups ; les véhicules durent ralentir pour s'engouffrer sur les chemins de terre qui semblaient ne mener nulle part, droit sur des arbustes qu'il fallait, parfois, écraser. Certains avaient déjà leur cagoule enfilée et le casque à la main ; Joseph vit l'un d'eux prendre un drôle d'air, la bouche de biais, les yeux plissés, inégaux – il éternua.

— Désolé, dit-il, c'est le pollen.

Le pauvre garçon, depuis le jour de l'appel, n'arrêtait pas d'éternuer, un mouchoir toujours dans la main ou sur le nez : chaque fois, il s'excusait de la même manière – il s'appelait

Paul mais, pour les gars, il était devenu Pollen. On se moquait gentiment de lui, en se demandant tout haut pourquoi il avait été mobilisé, celui-là qui avait toujours le nez dérangé quand il se trouvait près des arbres. Parce que depuis le premier jour, au début de juin, l'escouade ne quittait jamais la campagne, c'était là-bas qu'avaient lieu tous les combats et pour rien au monde on ne voulait se rapprocher de la ville ; en trois semaines, ils n'avaient eu le temps d'espérer que cela, ne pas combattre en ville. Cela aurait été synonyme d'échec de voir les flammes du front éclabousser jusqu'aux maisons, gicler sur les visages de ceux qu'ils aimaient et dont ils ne recevaient des nouvelles que par lettres, de temps en temps. Les soldats pensaient aux civils, oubliant que peu auparavant ils en étaient.

Joseph, sur le chemin – le camion parcourait en sens inverse les lieux que Nino et lui venaient juste de fuir, dévalant à pied la campagne –, repensa à la nuit qui terminait à peine son tour de garde. Ce n'était que l'avant-veille que Nino lui avait fait part de son projet : il avait accepté, sans trop savoir pourquoi, peut-être simplement parce que Nino avait dans le regard un éclat qui donnait envie de le suivre, de l'accompagner. Cela finissait toujours ainsi, depuis presque un mois qu'ils se connaissaient, unis dans une proximité, une intimité que seules la lutte et la peur des mêmes coups du front peuvent produire : Joseph était le calme et Nino, l'ami que l'on suit parce qu'il a la fougue utile des rêveurs obstinés, l'audace des justes. Le jour de l'appel, quand tous les jeunes hommes avaient dû se réunir sur la grand-place de la ville, Joseph et Nino s'étaient retrouvés côte à côte lorsque le maire avait prononcé des mots de courage et de force devant ses citoyens mobilisés, puis ils avaient patienté l'un derrière l'autre dans la file pour s'identifier, et enfin avaient terminé dans la même troupe, le même camion. Avant d'y grimper, Nino avait demandé à Joseph : « Tu en veux une ? » Il lui tendait une petite boîte cartonnée d'où sortaient des bâtonnets de pâte de fruits; Joseph avait refusé en secouant la tête. Ils s'étaient serré la main puis, durant les trois jours de préparation avant le départ pour le camp, s'étaient pris d'amitié, jusqu'à devenir un binôme sur le terrain, des frères de lutte, lorsqu'ils avaient été déployés sur le front. Nino n'avait rien dit à Joseph de ses intentions, seulement qu'il y avait, dans la forêt, un vieil abri en ruine où il devait se rendre – la nuit, parce que ce n'était pas autorisé. Ce ne fut qu'en y arrivant, la veille aux alentours de minuit, lorsque tous les gars sous la tente furent endormis et que le camp somnolait, que Joseph avait vu Nino sortir de son sac à dos un gros galet qui venait des plages de la région frontalière, à une bonne centaine de kilomètres de là, puis une vieille boîte à chaussures. Dedans, il y avait un chat. Il s'appelait Édouard; Nino et Silvia, sa petite sœur, l'avaient rencontré dans cette cabane des années plus tôt et l'avaient recueilli. Il était noir avec une toute petite bavette blanche. Il était mort quelques jours auparavant, or, à cause des feux, on ne pouvait plus aller en forêt : Nino avait promis qu'il enterrerait Édouard sous l'abri où ils l'avaient trouvé, qu'il viendrait, un jour de permission, chercher le corps noirâtre que les mouches regardaient, l'eau à la bouche, où les yeux commençaient à sortir des orbites, comme si l'âme par là avait voulu s'échapper. Nino avait promis de même qu'il dormirait près de lui la première nuit; Silvia ne voulait pas qu'Édouard reste là-bas tout seul – parce que, avant, il dormait au bout de ses pieds, avait-elle dit, avec au-dessus des lèvres un goût salé qui était autant de larmes que de sueur.

Les feux, dans la région, n'étaient pas une habitude que l'été ravivait chaque année en même temps qu'il amenait les beaux jours. Les premières flammes s'étaient déclarées un matin de marché ; les étals dégageaient des odeurs de fruits, de fromage et de robes fleuries tout à la fois, on passait là sans plus distinguer les voix qui criaient aux belles oranges, à la bonne affaire et, sous la marche lente des touristes et des locaux entremêlés, trois pigeons tâchaient de ne pas être piétinés tandis qu'ils se partageaient un petit pain échappé d'un comptoir. Derrière les tables alignées des marchands, sur la façade de la pharmacie, la croix verte qui clignotait selon son bon vouloir indiquait déjà vingt-sept degrés ; au plus fort de la journée, ce serait dix degrés supplémentaires, au moins. Ce n'était que la matinée, que plus personne ne faisait grasse, chacun profitant pour sortir d'une illusoire fraîcheur ; à midi, les rues se videraient et attendraient pour s'animer que le soleil ploie le genou derrière les collines alentour – alors seulement on irait en terrasse trinquer sous la lune à des jours meilleurs. Au milieu du marché, on commença à s'apercevoir que, par-delà la ville, une fine ligne grisâtre brisait le ciel, qui se mit à grossir d'heure en heure. On sut le lendemain que c'était un imbécile – on était tombés d'accord sur ce terme – qui avait jeté son mégot de cigarette par la vitre de sa voiture. Il n'en fallait pas plus pour que s'allume un feu : depuis des semaines, on avait oublié l'odeur de la pluie autant que son chant d'onomatopées lorsqu'elle touchait le sol. L'herbe jaune des bas-côtés s'embrasa, puis le champ qui la prolongeait, dont la terre sèche formait des crevasses où l'on pouvait passer la main entière, offrant aux fourmis plus de falaises qu'elles n'en avaient jamais vues ; bientôt fondirent en silence sauterelles, papillons et vers, jusqu'à ce que les flammes s'emparent des bois alentour. Il fallut mobiliser des centaines de soldats du feu, mais à ce moment on s'en sortait encore, aussi se disait-on « Ça va aller, ils sont courageux, *nos hommes*, ils en viendront à bout ». Les jours s'écoulèrent et, de fait, le feu mourut. Mais un autre se déclara, puis encore un autre - et dans le Sud, et partout sur le continent, des foyers naissaient pareillement.

Oh, à la fin, on ne les comptait ni ne les annonçait plus vraiment, les feux : les choses étaient claires, le pays brûlait, ceux d'à côté de même. La chaleur estivale qui égayait naguère ici et là les autres continents les obscurcissait de fumée tout autant qu'ici, où les terres bossues commençaient à se lasser des cieux gros d'avions, de feux et de vapeurs. Bientôt, on entendit que le matériel manquait, qu'il aurait fallu plus de moyens pour lutter, bien plus - puis que les hommes aussi manquaient. Et les hommes sont plus faciles à multiplier que les machines, moins chers et aussi obéissants, la plupart du temps. C'est ainsi que, une soirée de début juin, tous les téléviseurs s'allumèrent pour découvrir le visage doré et grave du président - après les publicités - ; son discours annonça que, face à la situation, la mobilisation était nécessaire. Les hommes entre dix-huit et quarante ans devaient partir au front pour aider les soldats du feu. Les rumeurs, longtemps, avaient ricoché d'une rue à l'autre de la ville et sur toutes les façades du pays, jusqu'à ce jour où elles prirent chair, chair de papier. Au lendemain du discours du président, on se réveilla en découvrant, aux quatre coins de la grand-place, des affiches qui disaient : « Ordre de mobilisation générale, par décret... tout homme... » ; les convocations suivirent, proclamant que le temps de l'insouciance, si jamais il avait existé, était une époque déchue.

# II

Quand les mobilisés arrivèrent aux abords du feu, ils furent accueillis par des flammes qui mesuraient jusqu'à quatre, cinq fois leur taille et les toisaient, se secouant dans le ciel comme pour prendre de l'élan et sauter plus loin. Orange, rebelles, elles illuminaient d'un soleil malveillant les visages noircis. La troupe, d'abord, prit une minute pour regarder où elles comptaient aller ; pour l'instant, c'était à l'est, mais on n'était jamais à l'abri que des vents tourbillonnants décident de se lever, si bien que la ligne de front était toujours éphémère. Ils étaient à une cinquantaine de kilomètres de Bas-les-Monts, sur les versants des collines qui lui tournaient le dos. Pollen, qui habitait la ville avec ses parents et ses sœurs, deux blondes dont les rires portaient dans les rues, relevait souvent la tête pour surveiller la cime encore chevelue de ces bosses à peine habitées. Il s'exclamait : « Pourvu que ça dure ! » ; les autres le dévisageaient, alors il précisait : « Tant qu'on est ici, on n'est pas là-bas. » Sous les casques, les visages de cendre approuvaient, inclinant leur tête trop pleine et embrumée.

Le sergent Montiel cria des ordres : lances et outils aux bras, les garçons se mirent à l'ouvrage, écrasant d'eau et de sable autant de flammes que possible. Joseph et Nino, très légèrement en retrait, s'occupaient de creuser pour envoyer de la terre sur les combustibles ; ils étaient ainsi plusieurs à s'atteler à la même tâche, pendant que l'un d'eux, hissé sur le toit d'un camion, maniait le jet d'eau face au mur immense des flammes, comme un homme armé d'un simple arc face à une horde. Le feu, avant l'arrivée des hommes, avait dévalé un champ comme une ligne de chevaux qui, lancés à toute allure, n'ont que faire de voir où se posent leurs sabots pourvu que toutes les souches y passent ; les avions, envoyés dès l'aube, rôdaient au-dessus d'eux mais, vus d'en bas, ils n'étaient que des gouttes. Les gars sentirent tout de suite que l'incendie serait rude, qu'il faudrait des jours pour le faire capituler – on aurait dit qu'il était fâché d'accomplir sa tâche, qu'il se propageait, qu'il envahissait sans plaisir à voir sous lui engloutie une masse d'arbres et de broussailles que la chaleur faisait fondre. Les corps aussi avaient la sensation de fondre : sous les uniformes, la peau était humide et rose, les saletés qui se collaient à la sueur commençaient de s'accumuler sur la chair démangée ; il n'était pas neuf heures encore que l'on avoisinait déjà les trente degrés. Il semblait à Joseph que son casque gigotait en dérapant sur la transpiration dont sa cagoule s'imprégnait.

— J'ai l'impression de cramer ! vocifera quelqu'un.

— Ce n'est pas une impression ! renchérit un de ses camarades.

— Par ici, par ici !

C'était Tommy, Tommy le comique, qui avait toujours une blague sur le bout de la langue. Les premiers jours, durant la formation, il s'amusait, il était excité comme tous ceux qui s'imaginaient déjà, les feux vaincus, rentrer glorieux dans la ville toute débordante d'acclamations. Nino se dépêcha de le rejoindre, soudain surpris par des jets d'étincelles qui avaient allumé autour de lui plusieurs fougères – les pelles aidèrent un peu, puis Pollen, qui arriva avec la lance, parvint à noyer ce foyer.

Sur le chemin, il fallait éviter les petites branches embrasées qui chutaient sans prévenir et avoir les yeux partout, de tous les côtés : les garçons progressaient lentement mais sans relâche, sans réfléchir, ils épiaient l'horizon éclair et luttaient à chaque pas contre un reste d'instinct qui leur criait de ne pas approcher davantage, de faire demi-tour. Beaucoup se demandaient ce qu'ils faisaient là, sur le charnier, et à mesure que les jours s'écoulaient, loin de chez eux, de la vie dans son illusion de liberté, une rage s'était mise à couver sous les lits de camp, dès que l'on avait à nouveau le temps, un peu, de penser.

Le duo que formaient Joseph et Nino, s'il semblait parfois à l'écart du reste de l'escouade, en était en fait le cœur : dès que quelques heures de répit se dégageaient au hasard des vents et que l'on rentrait au camp, on se rappelait la vie d'autrefois, comme si ces trois semaines avaient été trois ans. On se racontait les études et les ambitions : Pollen qui, via l'agence immobilière familiale que ses sœurs et lui reprendraient plus tard, avait vendu sa première maison, située sur une colline partiellement flambée la veille ; Tommy, qui avait fait les quatre cents coups avec son meilleur ami d'enfance, Marc, mobilisé dans une autre troupe ; Jules, qui vivait avec sa mère qu'il n'aimait pas laisser seule ; Maxence, qui se lamentait en pensant à son chien qui lui manquait ; et tant d'autres choses encore. On évoquait les amours, les espoirs et les nuits ; s'endormant parfois au milieu d'une phrase, se réveillant en sursaut un instant après ou peinant à trouver le sommeil malgré la fatigue.

Mais on racontait aussi la peur, l'angoisse et, invariablement, la colère. Dans un groupe, il y en a toujours un qui est plus habile avec les mots : les gars étaient d'accord pour considérer que, parmi eux, c'était Nino. Tommy, souvent, tapotait discrètement l'épaule de Joseph : « Tu voudrais bien que ce soit toi, n'est-ce pas ? », il lui chuchotait ; Joseph souriait, ne disait rien. Il avait pour lui la poésie, pour sûr, l'âme et les tournures, mais ce n'est pas parce qu'on les a en soi qu'elles sortent, se dévoilent au monde. Il leur arrive de rester nichées à l'intérieur, quelque part au chaud dans la poitrine, ou coincées dans la gorge. Joseph, pour parler, pour agir, ne savait jusqu'ici qu'écrire. Nino, à l'inverse, avait la folie nécessaire aux gestes et aux discours – c'était donc lui qui prenait la parole. En pleine sieste, on se réveillait sur ses phrases hors d'haleine comme sur un flot de pensées qui vous emporte coûte que coûte. En somme, tous deux se complétaient, et quand les autres se rendormaient, bercés par quelque idée révolutionnaire, Nino parlait plus bas, racontait Silvia. « Elle n'a pas dix ans, elle n'est pas encore assez envahie par ce monde pour qu'il l'ait contaminée... Elle ne jure que par les arbres et le grand air de notre jardin minuscule... Elle ne connaît que le travail des fourmis et des oiseaux... Une âme pareille, ça ne peut pas devenir une machine... », poursuivait-il jusqu'à révéler à Joseph combien, au fond, ils se ressemblaient. « Tu viendras chez moi, après tout ça, tu rencontreras Silvia et je lui dirai que tu m'as aidé avec Édouard », ajoutait-il, sans jamais rappeler qui était Édouard. « On refera le monde, loin des affaires. »

Oui, tout autour d'eux, beaucoup se demandaient ce qu'ils faisaient là, malgré la fraternité de la troupe. D'autres, en revanche, semblaient avoir vécu cela mille fois déjà, comme si le contexte suffisait à l'audace et l'ordre à l'acte. Ils marchaient au milieu du brasier et, à les voir, on aurait dit qu'ils n'en sentaient plus la touffeur, qu'elle était entrée en eux à jamais et ainsi s'était faite partie du corps, voile de chaleur sur la peau que l'on finit par absorber comme s'il était soi – une nouvelle forme d'instinct leur était venue, qui leur disait de continuer, d'obéir au sergent, jusqu'à ce que les heures trop nombreuses de lutte les aient pour de bon desséchés et que vienne l'instant où ils pourraient, une seconde, se reposer en attendant de retourner au front qui était devenu une évidence. Ils faisaient de chaque ordre une autorité irrécusable, qu'un vieil instinct d'honneur leur disait de suivre sans douter. Quant aux plus téméraires, au fil des semaines, ils n'eurent plus peur que d'une chose, le vent, préférant stagner dans l'air étouffant de la canicule que respirer son souffle embrasant – ceux-là n'avaient ni peur ni mission ; ils regardaient passer les jours comme on regarde, depuis un train, passer le paysage, en se languissant de l'automne, là-bas, qui nous attend sur le quai.

Dans la troupe, un des gars avait été chargé de renseigner, de garder des images, des traces de ce qui avait lieu – « pour les enquêtes et les générations futures », avait-on déclaré, ce qui avait fait rire Nino, rire jaune. Le garçon s'appelait Jules : il ne voyageait plus sans le petit caméscope qu'on lui avait confié, pas plus gros que son poing, conçu pour fonctionner dans le noir et sous l'eau qui leur tombait parfois dessus, et qu'il pouvait aussi accrocher au sommet de son casque. C'était le benjamin, il avait dix-neuf ans ; ses yeux en amande, rieurs, disparaissaient en une fine ligne noire dès qu'il souriait. C'était le seul qui évoluait sans binôme, voguant d'un endroit à l'autre, prenant au sérieux sa mission plus qu'il n'avait jamais pris au sérieux l'école ; Montiel affirmait en plaisantant : « On lui a trouvé une vocation, au petit. » C'est vrai que ses images étaient presque belles, la lutte était comme un film : ses camarades, quand ils en voyaient des morceaux, pendant une pause, lorsque Jules regardait ce qu'il avait capté du front, se reconnaissaient à peine. Il prenait des photos, aussi, en noir et blanc ; sur l'une d'elles, Nino était debout, dos aux flammes, son casque à moitié ouvert, et dans ses mains il tenait un oiseau qu'il avait ramassé par terre, un oisillon épuisé par les fumées qu'il avait dû fuir, les ailes encore incertaines – Nino avait essayé de le sauver, mais l'effort s'était avéré vain ; après deux ou trois minutes, il avait succombé, et Nino était retourné aux flammes sans rien dire, le visage fermé. Sur la photographie, l'uniforme dessinait une ombre blanche devant les bois obscurs, comme une apparition. C'était celle que Jules préférait ; il avait tôt remarqué que Nino avait quelque chose, comme Joseph l'avait lui aussi noté, quelque chose qu'on ne savait pas expliquer mais que l'on avait envie de raconter.

Sous les cimes tout juste arrosées, Jules rattrapa Nino et le suivit jusqu'à un talus où de grosses branches s'étaient accumulées sur le sol, qui brûleraient vite et empêcheraient le camion de se frayer un chemin ; dans le petit caméscope, les outils scintillaient d'une lumière argentée et le son crépitait, crépitait jusqu'à couvrir toutes les voix humaines.

— Une chance qu'il n'y ait pas de maisons dans le coin, remarqua Nino.

— Pour sûr, tout aurait flambé.

Les garçons n'avaient jusque-là pas été envoyés dans des zones parsemées d'habitations ou que des villages frôlaient, mais tous se doutaient qu'ils finiraient par éteindre des maisons. C'était presque une certitude ; le matin même, ils avaient appris qu'un nouveau village avait été évacué dans la région. Cela faisait monter le nombre de déplacés à près de vingt-cinq mille en un mois. Les habitants se retrouvaient à vivre dans un gymnase, avec quatre douches pour plus de cent personnes.

La troupe devait s'enfoncer dans la forêt ; la chaleur y était telle qu'elle dégoulinait dans les yeux. Joseph et Nino continuaient de creuser, d'abattre là où c'était nécessaire ; d'autres tiraient les tuyaux des lances jusqu'aux flammes, comme des serpents jaunes rampant tout droit. Des camions-citernes enchaînaient les rotations pour ne pas que l'eau vienne à manquer, mais la source était située à plusieurs centaines de mètres de là, dans un lac dont le niveau baissait à vue d'œil, privé de milliers de litres d'eau – alentour, les étangs fragiles n'étaient plus que des flaques, les vies aquatiques se noyaient dans l'air. Les poissons, à la surface, étaient cuits. Les camions arrivaient, repartaient aussi vite, puis c'était le retour au feu, dans le seul bruit des crépitements, un bruit assourdissant, *absurdissant*, se disait Joseph, qui vous nouait les oreilles jusqu'à ce que vous n'entendiez plus que lui, plus que ses coups d'éclat – à part cela, l'angoisse du front semblait baigner dans un silence de guerre, là où il n'y a plus que la terre sous les pas pour compagnie, et quelques gars rencontrés la veille et qu'on appelle bientôt « frères », loin de l'agitation des villes et de l'insouciance de ceux qui ne luttent pas, qui ne luttent jamais ou si peu.

Au-dessus d'eux, la fumée se clairsema une seconde et ils virent entrer dans le ciel un nouvel avion : il survola la colline et largua un flot de liquide rouge destiné à retarder le feu s'il venait à s'étendre jusque-là. L'escouade s'acharnait désormais depuis des heures et le soleil s'assit bientôt sur son trône, au zénith. Plus à l'avant, on devina deux voix qui parlaient.

— Vite, la nuit, dit l'une.

— Non, la nuit est pire. Tu ne vois que le noir et le brasier. On dirait qu'une grande bouche orange attend de nous manger.

— Mais il n'y a pas le soleil qui nous brûle, au moins, rétorqua le premier.

— Il y a la lune qui nous nargue. C'est pire, je te dis. Recule-toi de là, laisse-moi passer. Et puis détends un peu ce tuyau, que je puisse envoyer l'eau jusqu'à l'arbre, grommela le jeune homme en pointant du doigt un frêne.

Le premier s'exécuta et le second put arroser la haute silhouette, qui ne brûlait pas encore jusqu'à la cime. C'était Jean Capelli. Le jour de l'appel, il s'était présenté en disant, main tendue, poigne ferme, regard haut : « Jean Capelli. » C'était le seul qui avait donné son nom de famille et il l'avait dit de telle manière qu'on n'osait pas l'appeler autrement, si bien que même le sergent lui donnait du Capelli. Depuis le premier jour de formation, il avait décidé qu'il savait tout mieux que tout le monde. C'était aussi le seul à qui Tommy ne disait pas « mon vieux » – il l'avait précisé à Joseph, ajoutant que le jour où il l'appellerait ainsi, ce serait mauvais signe, et que, à ce genre de gars, il disait « mon gars ».

— Ne me filme pas, asséna Capelli à Jules, quand il approcha avec son caméscope.

Le benjamin se décala sur la gauche mais Capelli se tourna vers lui : il repéra un arbre dont le tronc était particulièrement épais, qui se trouvait dans le champ de la caméra, puis redoubla d'efforts, vérifiant du coin de l'œil qu'il présentait son bon profil, un profil anguleux, le nez plat, les lèvres charnues, comme une statue d'un autre millénaire qu'un soleil permanent semblait éblouir de prétention.

Des heures s'écoulèrent ainsi, des heures sans quitter le front, à se déplacer seulement par moments sur la ligne : la chaleur avait augmenté depuis l'aube d'une dizaine de degrés qui exténuaient davantage la troupe. Les soldats prenaient à peine le temps de ne pas mourir de soif et les cris du feu, dès qu'ils s'éloignaient pour boire ou souffler une minute à peine, continuaient de vibrer dans leurs oreilles qui n'entendaient plus que cet appel. Leurs visages trahissaient la douleur que suscitait chaque effort ; lorsqu'un peu de répit autorisait un des mobilisés à retirer un instant son casque et la cagoule, la sueur formait comme une couche qui brisait front et joues en ridules blanches, là où la suie ne s'était pas déposée, sous les plis de la peau, parmi les faces ridées de bouches ouvertes et sourcils froncés, tout au geste d'étouffer le feu. C'était dans la chair un mélange de sécheresse, d'humidité rance et de travail acharné qui les laissait à chaque pause à bout de souffle ; les souffrances de ces heures intenses du jour ou de la nuit étaient reléguées dans un coin de leur cerveau tant qu'ils luttaient, mais se déclaraient au moment où ils s'arrêtaient. Joseph sentait ses épaules, ses coudes lancer des alertes jusqu'à sa tête qui les repoussait tant bien que mal, et ce n'était encore que le début. Nino, à côté de lui, persistait, ne relevait la tête que pour observer, fixer les flammes dans les yeux, devancer leur trajectoire, les frapper à coups de pelletées de sable ; Joseph regarda le jeune homme blond un instant et eut le temps de se dire qu'il n'avait pas l'air d'être du même monde, comme s'il venait à la fois du futur et du passé, et qu'en conséquence il se trouvait dans le présent pour une bonne raison – que Joseph avait l'impression d'ignorer encore.

Devant eux, le feu faiblissait à peine : de la radio du sergent venaient des nouvelles de zones où les choses n'étaient guère différentes. On comprit assez rapidement qu'éteindre ce nouveau foyer prendrait des jours, peut-être plus d'une semaine, ou pire. Jusque-là, la troupe avait connu plusieurs feux, dont deux qu'elle avait interrompus net dans leur course en moins de quarante-huit heures, et un qui lui avait imposé près de douze jours d'acharnement. Mais le feu qui était né à l'aube continuait de descendre depuis des heures, engloutissant des hectares, et semblait prendre ses aises sur toute la colline, lui tournant bientôt autour jusqu'à assaillir la partie sud des monts qui guettait le bourg en contrebas, d'où l'on voyait la fumée s'accroître toujours plus. Les gars s'efforçaient, en pleine lutte, de ne pas trop songer à ceux qu'ils avaient laissés derrière eux, ceux-là qui, inquiets, devaient regarder venir les flammes en sachant que leurs fils, frères, mari, cousins, amis, voisins leur faisaient face, leur tenaient tête et les voyaient de si près qu'ils avalaient en un jour trop de fumée pour que son odeur consente à quitter leurs cheveux, leurs doigts et leurs narines. Il fallait, pour penser à ses proches, choisir le bon moment, lorsque l'on pouvait croire encore que tout reviendrait à la normale ; combien furent-ils alors à implorer l'automne d'arriver en avance ? Car pour des jours, des semaines, on n'attendait pas de pluie ; radine, ou boudeuse, elle semblait ne plus daigner tomber et les mares jetées ici et là dans les jardins et les sous-bois étaient mortes pour moitié. En ville errait un mince fleuve dont on voyait, sur les côtés, le niveau d'autrefois griser les murs d'anthracite et de mousse ; l'eau longeait des rues pavées menant à un parc dans lequel un étang abreuvait naguère quelques canards, sous les yeux d'un vieil homme que les pigeons suivaient de chez lui à ce banc où, chaque jour, il s'asseyait, leur jetait du pain sec, et des graines pour les palmipèdes – ces derniers avaient désormais disparu, forcés de migrer sur le fleuve où les péniches les éclaboussaient ; de l'eau de l'étang, il ne restait que le fond sec et marbré d'où les poissons semblaient évaporés.

Malgré tout, le moral des troupes tenait encore : les garçons commençaient à se connaître et, quand l'ennemi était loin, que l'on avait l'impression d'attendre qu'il ose se pointer, alors certains qu'il serait terrassé, on était presque contents d'être là, de s'imaginer des décennies plus tard le raconter à ses petits-enfants, comme dans une frénésie de guerre pour se donner l'impression qu'on est bien homme. Les femmes avaient-elles besoin de cela aussi ? Une bonne partie d'entre elles avaient déjà pris l'habitude, depuis bien longtemps, de lutter contre d'autres feux, de manières différentes. Les conditions dans le camp étaient rudes à cause de la canicule qui se prélassait sur le continent, mais supportables ; c'était sur le front qu'on se rappelait que, tout de même, on était bien chez soi, bercés dans l'illusion tranquille d'un quotidien prévisible.

Joseph, une minute, s'éloigna. Sous sa veste ignifugée, il transpirait des litres : il avait l'impression que le soleil l'assommait jusqu'à lui empêtrer les chevilles dans le combustible qu'il dégageait du chemin. Il s'accroupit à l'écart sur un sentier de terre retournée, ôta son casque et respira le reste d'air qui parvenait là, une main sur le front, recroquevillé. Nino se replia un temps aussi, resta à côté de lui, s'assurant que tout allait bien.

— C'est juste un coup de chaud, ça va passer, affirma Joseph.

Il vit noir un bref instant en se relevant, puis recula pour observer la scène devant lui : il n'y avait plus grand-chose à voir, rien que les arbres comme de grandes lances ancrées dans le sol, de grandes piques noires et chauves. Il s'apprêtait à y retourner quand Montiel fit le tour de ses hommes pour les prévenir : le vent changeait de cap, il fallait se hâter de noyer les dernières fumerolles, puis partir sur un autre front. À quatre cents mètres de là, il y avait une ferme ; ils y arriveraient les premiers. Ici, le sol fumait encore et le vent pudique qui soufflait sur les braises invisibles menaçait un côté où il restait encore de la terre à brûler. Ils montèrent dans les camions, partirent en laissant derrière eux un bois à moitié calciné – quelques instants plus tard, des villageois, des amoureux de l'endroit arriveraient, surveilleraient les lieux et, avec les moyens du bord, des pelles et un tuyau d'arrosage relié à une petite citerne qu'un véhicule tirerait sur une remorque, s'assureraient que les flammes ne reprendraient pas. Les habitants restaient toujours sur leurs gardes ; Bas-les-Monts n'était pas bien grande, les nouvelles avaient vite fait le tour de toutes les rues. Les jours précédant et suivant l'annonce de la mobilisation, une sourde angoisse y avait erré, en quête d'âmes pas encore trop tourmentées ; au fil des premières semaines, on avait presque commencé à s'habituer à cet état d'alerte permanent – le temps rend tout normal, même ce qui ne saurait le devenir tout à fait.

Sur la route, après les indications du sergent, il y eut un silence assez long dans les camions ; ils croisèrent des véhicules chargés de soldats épuisés et, derrière les bois clairsemés, là où l'on apercevait des bouts de ciel, ils virent que la ronde des avions continuait, encore et toujours, ne débarrassant l'atmosphère de leurs vibrations que la nuit. Les pilotes, en un jour, pouvaient larguer de l'eau jusqu'à cinquante fois, accumulant huit heures de vol. Le vent n'était pas très fort mais suffisait à encourager le feu. D'un côté de la route, immobiles, les ruines terminaient de fumer ; de l'autre, par-delà le bitume, les champs et les prairies encore intactes éblouissaient presque de couleurs les gars qui les regardaient défiler. Ils arrivèrent assez haut sur la colline, là où on voyait s'étendre la campagne lointaine, bleutée tout au bout, comme si on pouvait déjà deviner la mer ; partout dans les champs, les engins moissonnaient ou ramassaient les ballots de paille. Les récoltes étaient précoces, tout le calendrier, bouleversé. Des étourneaux se plaignaient, qui voyageaient en une masse gracieuse, et les vaches dans les prés formaient de minuscules points noirs, marron, blanchâtres ; elles étaient couchées en plein soleil, l'air d'attendre, lasses, que le temps passe et qu'il soit plus clément.

Les camions s'engagèrent sur une piste qui menait jusqu'à la ferme isolée et s'arrêtèrent derrière la grange que les flammes approchaient déjà. Les soldats descendirent, préparèrent leur nouvelle installation, mais Joseph, en sortant le matériel, crut apercevoir du mouvement : d'un chemin où les herbes encore hautes se mêlaient aux fleurs fanées débarqua un homme, qui boitillait et arrachait frénétiquement des brins d'herbe de sa main droite. Nino le vit à son tour, et ils se hâtèrent de le rejoindre ; quand ils furent arrivés à sa hauteur, le fermier, un homme assez âgé qui semblait avoir une jambe plus courte que l'autre et dont le cou était au moins aussi épais que son visage, se planta devant eux et haussa les épaules.

— Veut pas partir, marmonna-t-il, la voix rauque.

— Comment ça, vous ne voulez pas partir ? demanda Nino.

— Pas moi. Ma vache. Veut pas partir, pas moyen de l'approcher. Depuis qu'elle a eu son petit, elle n'en fait plus qu'à sa tête.

— Où est-ce qu'elle est ?

L'homme se retourna à peine ; il fit un geste du bras vers l'arrière, indiquant une prairie que cachait le bosquet.

— Dans le pré, par là.

— Mais le feu est juste là, monsieur, il faut vous en aller, c'est trop dangereux. On va vous aider. À trois, ce sera peut-être plus simple.

L'homme haussa les épaules une nouvelle fois, les rides au coin de ses yeux lui donnaient un air de souris difforme ; il avança lentement vers le pré de sa démarche brinquebalante.

Après le bosquet, une vive lumière orageuse sous le ciel blanc éclairait la prairie où une vache, cachant derrière elle son petit, guettait, méfiante, l'arrivée des bipèdes, collée à la clôture. Elle avait sur le corps des taches vertes, brunes, ses yeux fuyaient d'un point à l'autre, regardant les hommes comme les piquets qui enfermaient la prairie. À l'entrée, le fil électrique que le courant n'alimentait plus traînait entre les herbes et un tracteur bloquait le passage ; une remorque grande ouverte, qui ressemblait à une bouche humaine, attendait, impatiente, que vienne à elle son dû, ne voyant dans la prairie que deux machines à lait et à chair derrière lesquelles les animaux s'effaçaient. La vache l'observait, nerveuse.

— Joseph, viens avec moi, on va essayer de la faire avancer. Monsieur, vous restez là, pour refermer quand elle montera à bord. Ça va ?

Nino parlait un peu sèchement, il avait retiré son casque et sa cagoule, puis il enleva aussi sa veste, qu'il jeta sur le sol avant de s'avancer vers le fond de la prairie. La mèche blonde qui lui courait sur le visage, trop longue, était grasse et ne bougeait pas de son front, lui griffant une paupière – « J'y crois pas », il disait entre ses dents. Il marcha avec autant de délicatesse que possible, comme s'il voulait éviter toutes les autoroutes de fourmis sous ses pieds : à mesure qu'il approchait de la mère, il leva légèrement les bras de son buste, les mains ouvertes mais les doigts serrés – écartés, il aurait eu l'impression de vouloir agripper férocement la vache. Cette dernière, d'abord, ne bougea pas. Elle remuait à peine les oreilles et fixait Nino, sans pour le moment prêter attention à Joseph qui se tenait en retrait, n'osant pas perturber les pas de son camarade. Quand il approcha davantage, elle se plaignit : sa voix, forte, finit de convaincre son fils de rester collé à son ventre, regardant par en dessous ces deux humains. Nino fit un pas de plus et, lorsque la vache parla de nouveau, il sentit presque le souffle arriver jusqu'à ses bras – ils étaient lisses, assez fins, mais on voyait tout de même s'y dessiner le mouvement coordonné des os et des muscles quand il bougeait les doigts, ils avaient pris le soleil et semblaient étonnamment propres en comparaison de ses mains dont les paumes grisâtres laissaient partout des empreintes de cendre et de poussière. Quand il tendit vers elle son bras gauche, la vache soudain se mit à courir et s'enfuit, avec son veau, jusqu'à un coin de la prairie, où le petit sembla piégé à l'intérieur de la clôture, effrayé. La mère reprit sa plainte, s'agita : elle valsa d'un pied sur l'autre, galopa sur cinq ou six mètres avant de s'immobiliser de nouveau. Nino fit signe à Joseph d'attendre, de se placer plus à droite, pour que la vache longe le fil électrique et finisse par arriver face à la remorque, où à trois ils devraient bien parvenir à la faire monter, en l'empêchant de faire demi-tour.

— Allez, ma belle, balbutia Nino en s'approchant, il faut t'éloigner de là, avec ton petit. Le feu va arriver, tu sais.

Joseph n'entendit pas tous les mots distinctement, il tâchait de faire le moins de bruit possible, d'éviter tout geste brusque ; bientôt mère et fils avancèrent de quelques pas vers le tracteur, près duquel le fermier regardait la scène, une main sur la tête, bougonnant. Nino put approcher suffisamment l'animal pour effleurer son dos des doigts et, tandis qu'il avançait, ils se fixaient, de biais, avec autant d'expression l'un que l'autre. Le petit suivait toujours, on ne voyait dépasser que par moments son visage inquiet du dos de sa mère, comme accroché à elle, et ses pattes frêles qui devaient presque trottiner pour la suivre. Finalement, la vache et son veau longèrent le fil, regardèrent en arrière et, approchant la remorque, s'arrêtèrent juste avant de grimper sur la rampe, presque d'un bond - après plusieurs tentatives, les trois hommes parvinrent à la faire grimper sur la caisse et avec elle son petit, qui se tenait pattes écartées sur le sol de métal. Tout alla vite, alors; le fermier put partir, leur souhaita vaguement bon courage puis emporta la voix de la vache dont les yeux d'ébène regardèrent longtemps par-dessus les ridelles vert olive.

Dans le pré, l'odeur de fumée commençait à couvrir celle de l'herbe et de l'écorce que le léger vent caressait, insidieux; on n'entendait plus les bourdons s'affairer.

— Les pauvres, dit Nino, dont le visage fin trahissait les mâchoires serrées. Je ne suis pas sûr de leur avoir rendu un grand service. Les sauver des flammes ne les sauvera pas du reste.

Il s'aperçut qu'à côté de lui Joseph n'avait pas l'air de comprendre - « La vache et le veau », se contenta-t-il d'ajouter, avant d'essuyer de son avant-bras la sueur qui formait un sillon sur son front, et de faire un signe de tête vers Joseph pour qu'ils se hâtent de retourner de l'autre côté du bosquet, où leurs camarades unis en bouclier humain tâchaient d'impressionner le feu pour qu'il se rende.

L'après-midi était déjà avancé mais le soleil semblait toujours aussi haut et ardent. Les mobilisés avaient à peine eu le temps de grignoter lors du trajet en camion, ne s'arrêtant en pleine action que pour boire une gorgée rapide ; ils surchauffaient et une deuxième troupe vint en renfort, pour tenter de sauver l'exploitation. Après quelques heures, ils étaient parvenus à contenir le feu suffisamment pour que les bâtiments ne fondent pas, mais la prairie la plus proche de la forêt n'était plus qu'une étendue noirâtre. Les gars noyaient les brandons pour ne pas qu'ils prennent le large vers le reste de la ferme. Ils se reconnaissaient à peine, sous les appareils respiratoires, se fiant désormais aux gestes du sergent – cela faisait plus de dix heures que le front était sur eux : depuis l'aube, il avait eu le temps d'écraser des dizaines d'hectares, puis des centaines, là où les monocultures accéléraient son cours. Des heures s'écoulèrent encore, ils changèrent deux fois d'emplacement, en restant autour de la ferme, n'ayant chaque fois que le court trajet en camion pour avaler un morceau et se dire deux ou trois mots dans le vacarme sourd qui tapissait le fond de leurs oreilles. Puis, dix heures sonnèrent, minuit, une heure : enfin, une nouvelle section prit la relève, on se coucha à trois kilomètres du feu, à même le sol ou sur les vestes en guise de matelas de fortune, et on dormit si on le pouvait, durant quatre heures qui passèrent en un instant.

*

Dans la pénombre du camp, plusieurs tentes étaient alignées comme d'immenses monts de taupes infectés de chaleur. Un garçon revenait de l'extérieur où il était allé soulager sa vessie contre un arbre – la broussaille était alors plus arrosée qu'en deux mois et demi de belle saison – ; quelques oreilles se tournèrent vers lui à mesure qu'il avançait sous la tente de l'escouade, mais personne ne broncha. C'était la première nuit après plus de trente-six heures passées au front, à se reposer une heure à l'arrière d'un camion ou par terre ; les gars savaient qu'il faudrait dormir vite, parce que là-bas, sur les collines à l'est de Bas-les-Monts, à une vingtaine de kilomètres, le feu s'entêtait, sous les coups des autres mobilisés. Nino, à peine étendu sur son matelas, s'était endormi ; dehors, on entendait le bruit de petits hiboux qui réclamaient à leurs parents leur repas nocturne. Au bout de la tente, Joseph devina du mouvement, le bruit d'une insomnie, puis ce fut un sifflement très faible, lisse, sans mélodie aucune. C'était le sifflement plat de l'aîné d'entre eux, trente et un ans, grand et étroit, les cheveux châtains – Joseph ne connaissait pas son nom parce que tout le monde l'appelait le Moineau. On ne savait pas grand-chose de lui, il ne parlait pas beaucoup – moins introverti que résigné –, devenait tout à fait mutique lorsqu'il sortait de sa poche une petite photo qu'il cachait. Souvent, le matin, on disait : « Le Moineau a sifflé cette nuit, mais il n'a toujours pas fait taire le ronfleur. » Et de fait, les ronflements, cette courte nuit, ne cessèrent pas.

Joseph fixait le toit de la tente. Des pas cognaient encore dehors, de l'autre côté de la toile foncée. Par pudeur, il gardait jusque haut sur le torse la très fine couverture qu'il avait récupérée auprès de bénévoles ; dessous, il dégoulinait. En ville, cela devait être pire, sans le vent et les arbres. Les bras le long du corps, il avait l'air d'avoir fondu dans son matelas et voulut s'éventer mais ce ne fut guère mieux ; son épaule était douloureuse à force de porter de lourdes charges et de manier pioches et pelles. Ce n'était pas un manuel, il n'était pas maladroit mais pas très habile non plus. Montiel lui lançait parfois : « Active-toi, Joseph ! » Alors, Joseph s'activait. Il ne manquait pas de bonne volonté, simplement, ses gestes avaient un peu trop l'habitude d'attendre que ses pensées aient terminé de débattre avec ses doutes. Tout le monde supposait qu'avant – on disait juste cela, « avant » – il devait être du genre solitaire, à réfléchir dans son coin ; cette nouvelle organisation, désormais en duo, à opérer à deux sur le front, suffisait à lui donner l'impulsion qui lui faisait souvent défaut dans la vie quotidienne.

Il se pencha au pied du lit, tâta les poches de son pantalon plié sur le sol, puis en sortit un carnet déjà au tiers grisé de son écriture tout en hauteur, ainsi qu'un crayon qu'il tailla avec un canif. Il s'empara, dans le casque du garçon à sa gauche, du briquet qu'il laissait toujours là. Il s'appelait Maxence, venait d'arrêter de fumer ; il avait pris cette décision juste après l'appel mais gardait son briquet sur lui, pour se donner l'illusion de pouvoir s'en griller une à tout moment, selon ses termes. Il se donnait du courage en se répétant chaque jour : « Demain, je m'en autorise une », sans jamais la fumer – il prévoyait de continuer ainsi jusqu'à avoir oublié, que l'envie lui soit passée pour de bon. On se moquait gentiment mais, contre toute attente, cela fonctionnait. Joseph se mit sur le ventre et fit jaillir la flamme au-dessus d'une page blanche de son carnet, en prenant soin de ne pas trop l'en approcher ; cela aurait été un comble qu'un des mobilisés, par accident, déclenche un feu. Il se mit à écrire : « Il est des nuits sans âme, des nuits que pas une aube n'oserait étreindre... »

Il resta longtemps concentré sur le carnet aux feuilles épaisses, parcourues de lignes grises. Il n'écrivait quasiment que de la poésie, bien que cela fût toujours pour parler des jours et des lunes qui s'écoulaient sous ses yeux, de tout l'absurde qui les gonflait jusqu'à l'amertume bouillonnante - le troisième jour de mobilisation, en revenant le soir au camp, il avait écrit sur la première page du carnet un titre : « Souvenirs d'Absurdie ». La poésie, alors, se muait en chroniques au style libre de la vie au front. Jean Capelli l'avait appelé une ou deux fois « le poète », mais ça n'avait pas pris : selon un accord tacite, l'invention de surnoms était un privilège réservé à ceux qui se voyaient comme de véritables compagnons, sans hiérarchie aucune. Cette nuit, la page de gauche, sous son poing fermé tenant le briquet qui l'éclairait à peine, se recourbait en respirant la sueur de sa main. Il n'avait pas idée de l'heure qu'il était quand, au bout de la tente, le Moineau se remit à siffler.

À l'aube, ce fut un autre oiseau qui, chantonnant, réveilla Joseph. C'était une pie qui fouillait dans l'herbe et dont on voyait l'ombre, derrière le pan de la tente par où l'on entrait et sortait.

— Tiens, lui dit Nino à sa droite, il y a ça qui est tombé de ton lit tout à l'heure.

Joseph attrapa le carnet qu'il lui tendait.

— Oh, je ne l'ai pas lu, tu sais. Je t'ai juste emprunté ton crayon. Si ça ne t'embête pas, je le garde encore un peu. Le temps que je termine d'écrire ma lettre.

— Tu écris une lettre ?

— Oui, pour ma petite sœur. Pour lui dire que j'ai bien tenu ma promesse, l'autre nuit.

Il signait de son prénom en bas du papier quand il y eut du mouvement sous la tente. Le soleil, encore bas, commençait à chauffer. Il plia la feuille en quatre et bientôt tous sortirent. Comme il semblait loin, le temps de la brise sur les fleurs, à l'aube.

Dehors, Joseph aperçut une petite foule qui commençait à se former derrière une camionnette blanc et rouge; le boulanger apportait le ravitaillement, et sa fille, qui lui ressemblait avec ses yeux presque noirs, l'aidait à distribuer. En approchant du véhicule, Joseph huma l'odeur des baguettes qui passaient de main en main – cela changeait des effluves de transpiration et de fumée qui ne se décollaient plus de la peau, encore moins des cheveux. La fille s'appelait Lola, tout le monde la connaissait de près ou de loin; quand elle venait, on savait qu'on aurait des nouvelles de la ville. Elle livrait aussi le courrier à ceux qu'elle connaissait de l'école ou d'ailleurs, et elle emportait les lettres que les gars, parfois, écrivaient à leurs proches.

— Est-ce que tu pourrais donner ça à Silvia ? lui demanda Nino.

Il lui confia la missive, dont le verso avait déjà gardé de fines traces grises échappées de ses mains, et prit la baguette que la jeune femme lui tendait. Joseph avait cru comprendre qu'ils étaient voisins et que, enfants, ils avaient passé des heures ensemble.

— Ta mère m'a dit de te dire que tout va bien, chez toi, confia la jeune femme à Nino.

— Tant mieux. Eh bien, tu n'auras qu'à dire qu'ici... c'est tout pareil.

Elle acquiesça, remit derrière son oreille gauche, où pendait une boucle d'oreille dorée, une épaisse mèche de cheveux. Une seconde à peine, elle pinça les lèvres, l'air d'hésiter.

— Alors tout va bien, ici ? demanda-t-elle, très bas.

— Oui, ne t'en fais pas, répondit Nino, en hochant une seule fois la tête. Ça ira. Tu n'oublieras pas la lettre, dis ? À plus tard.

Ils ne discutèrent pas plus longtemps mais Joseph nota le petit signe amical qu'ils se lancèrent. Il remarqua aussi les bras fins et musclés de Lola, dont la carnation semblait encore plus brune en contraste avec son tee-shirt blanc ; ses lèvres qui restaient légèrement pincées sous son regard franc, tandis qu'elle distribuait la nourriture ; sa façon de tenir les choses, de les tendre avec dans la poigne une certaine assurance. Puis Nino et lui s'éloignèrent ; elle continua son travail de son côté - il fallait manger rapidement, Montiel les avait prévenus que, dès qu'ils auraient repris un peu de forces, ils repartiraient. À la lisière du bois, les garçons de la troupe s'étaient assis sur un tas de bûches, par terre ou contre un arbre.

— Attention, mon vieux, tu t'assieds sur mes plantes ! s'exclama Tommy le comique, en râlant.

— Comment ça, tes plantes ? demanda Pollen de cet air naïf qui ne le quittait jamais vraiment.

— Bah oui, quoi, je les arrose toutes les nuits. Tu ne sens pas ? fit-il en fronçant le nez.

Pollen se leva à toute vitesse, se retournant aussitôt pour fixer l'endroit où il s'était assis.

— Dégoûtant ! cria-t-il.

Tommy et les autres se mirent à rire.

— Tu es trop crédule, Pollen... Je t'ai à tous les coups !

Le garçon râla doucement, puis rit à son tour, se sentant un peu idiot d'avoir marché ; toutefois, il choisit de se rasseoir plus loin qu'initialement.

— Quand je pense que, dans cinq minutes à peine, on doit repartir, reprit un des mobilisés. Chaque fois qu'on a un peu de sommeil nocturne, il faut se lever aux aurores...

— Ça ne me change pas beaucoup de mes habitudes, affirma Tommy, avec une moue d'indifférence.

— Ah oui ?

— Je me lève toujours tôt. Il faut bien aller travailler. N'est-ce pas, Nino ? demanda Tommy en lui adressant un clin d'œil enjoué.

— Oui, et si vous voulez savoir, je trouve ça aberrant. Cette routine, ça nous rend esclaves, ça...

— Dans le mille ! Je savais bien que tu réagirais ainsi, camarade.

— Fallait pas te sentir obligé de le lancer sur le sujet, souffla Capelli. Toujours à se plaindre, celui-là. Pourtant, poursuivit-il avec outrecuidance, les affaires, c'est capital dans la vie, non ?

— Ne le provoque pas. On n'est pas tous du même monde que toi, ici.

— Hé, les gars, regardez ce que j'ai trouvé ! Ou plutôt ce que Lola m'a apporté.

C'était Maxence qui arrivait, coupant court au débat, une baguette à demi amputée sous le bras, son briquet dans une main, une radio dans l'autre, qu'il agitait comme on aurait brandi un drapeau de la victoire.

Il s'installa au milieu du petit cercle que la troupe formait, déplia avec un soupçon de brusquerie l'antenne, tourna un gros bouton argenté pour faire le tour des stations et finit par en trouver une qui ne grésillait pas. Une voix de femme sortit de l'appareil que toutes les oreilles écoutaient en mangeant, les yeux dans le ciel ou sur le sol – « ... village évacué dans l'est de la ville. Le vent s'est levé pendant la nuit, atteignant sur les hauteurs jusqu'à soixante kilomètres à l'heure. Les habitants de la petite commune de Cameaux, d'abord cloîtrés chez eux, ont ensuite dû quitter les lieux afin de ne pas prendre de risques. On écoute notre correspondant sur place, Émilien Leclerc. Bonjour, Émilien, vous vous trouvez actuellement à proximité du village, pouvez-vous nous dire où en est la situation à cette heure-ci ? » La voix du journaliste sembla se débattre avec les haut-parleurs avant de sortir, assez faible ; Maxence augmenta le volume. « Eh bien, Catherine, la situation dans cette zone est désormais sous contrôle grâce à l'effort des soldats du feu et des mobilisés, ici au nombre de quatre-vingts. Comme vous vous en doutez, l'ambiance est très particulière car le village, juste derrière moi, est complètement désert ; les habitants ont dû évacuer au beau milieu de la nuit et ce matin, les avions, les Canadair, ont survolé la zone aux premières lueurs du jour – un grésillement –, intervention efficace car les évacués viennent d'apprendre avec joie qu'aucune habitation n'a été touchée et qu'ils pourront peut-être rentrer chez eux d'ici demain soir – nouveau grésillement, plus long – tout près de soixante hectares – *krchch* – en fumée – *krkrkrkch* – aucune victime n'est à déplorer... »

Nino soupira en secouant la tête. Une mèche de cheveux lui tomba dans les yeux, qu'il ne remit pas tout de suite à sa place.

— Aucune victime, mon œil, marmonna-t-il.

Joseph avait remarqué qu'une veine, sur son front, apparaissait chaque fois qu'il entendait dire cela ; il le regarda un instant tandis que Maxence tapait sur la radio, jouait avec l'antenne – dans son cou se dévoila une fine ligne de peau plus pâle, sous son tee-shirt. Un air émergea soudain de la radio et Capelli, qui mangeait à l'écart, eut le temps de dire que la musique était atroce et le sandwich trop fade – il était adossé à un tronc, dévisageant les jeunes hommes éparpillés dans le camp, telles de petites pousses de plantes semées au pied d'arbres immenses qui leur feraient toujours de l'ombre –, avant que Maxence baisse le son. Les gars de l'autre escouade relevée pour la nuit arrivaient à leurs côtés. Ils discutèrent un moment puis l'un d'eux, qui revenait de la ville après une brève permission d'un jour, leur demanda s'ils avaient entendu l'histoire du sans-abri. On secoua la tête – « Non, quelle histoire ? » –, mais certains prirent une mine étrange – « Oui, celui qu'on a retrouvé mort l'autre jour... oui, une tragédie, on se demande comment on en arrive là... et personne de la famille qui se manifeste, apparemment... un inconnu au bataillon. »

— Pas si inconnu que ça, reprit le garçon. C'était un ancien de Saint-Marc, il paraît.

— Les abattoirs ? demanda le Moineau.

Il acquiesça.

— Avant de finir à la rue.

— Voilà que ça me dit quelque chose, avança Pollen, réfléchissant. Il ne traînait pas dans le quartier des Arcades ?

Il acquiesça de nouveau ; les visages se renfrognèrent, s'étonnèrent, l'homme était bien connu, à Bas-les-Monts, et on se souvint soudain de lui – « Ça alors, c'est donc lui qui a disparu... mais oui, je me rappelle... je le croisais souvent, moi aussi » – et ça soupirait, ça secouait la tête en croisant les bras, en se regardant les uns les autres, l'air de dire, « Quel malheur, hein... mais bon, des comme lui, il y en a combien ? ». Et parce qu'on ne les compte plus, au fond, ils ne comptent pas. La masse n'est rien ; un amas.

C'était près de la place Saint-Eustache, sous les arcades qui donnaient leur nom à ce quartier où, un siècle auparavant, des boutiques couraient les rues, que les sans-abri avaient leurs habitudes. Ils se faisaient plus discrets, depuis un temps, semblaient moins en quête d'aumône que de fraîcheur.

Un jour, sans doute, que pas un nuage n'offrait de répit aux crânes chauffés à blanc, l'un d'entre eux, à midi, quitta le centre-ville. Il marcha et, pendant un long moment, suivit le cours du canal – il y avait là assez de verdure pour qu'il y fasse légèrement plus frais. Malgré tout, le sans-abri dégoulinait, trempé de sueur sous ses guenilles. À force de marcher, il parvint là où l'eau du fleuve s'étalait en un étang à hauteur d'herbe ; il n'y avait personne, la faute aux containers ainsi qu'aux poubelles qui vous accueillaient à l'arrivée, probablement. Il n'y avait pas de maisons non plus, du moins pas une dont les fenêtres l'auraient aperçu. En revanche, il y avait un merisier. Un tronc épais, des feuilles encore bien vertes quoique certaines assez sèches. L'homme y colla son dos ; l'écorce était chaude et éraflée. Une mouche lui marcha sur la nuque et, au-dessus de lui, les branches étaient immobiles. Tout autour, l'herbe était jaune comme de la paille. Les petits brins secs égarèrent sur ses doigts une odeur de terre plus douce que celle des pavés tortueux du bourg.

Le soir vint et le soleil déclina à son aise. L'homme avait enlevé ses chaussures, s'était endormi sur une racine, mais il se réveilla rapidement; la soif. « J'ai soif, dit-il à haute voix. J'ai soif, il me faut de l'eau. » La soif, une fois prononcée, ne s'avoue pas facilement vaincue, occupe toutes les pensées, tout l'esprit, tout le corps. Quand avait-il bu ? Il ne s'en souvenait pas.

Bientôt, la soif, d'abord désagréable, devint insoutenable.

La lune semblait aussi chaude que le soleil - là-haut, pas un souffle, rien qu'un air fiévreux et sec; pas un nuage, pas de pluie, ni depuis ni avant des jours. Il se redressa - cette racine était beaucoup trop dure pour le crâne humain. Il fallait qu'il se lève mais, une fois debout, toujours pas de source, pas même un mirage, rien - « Sacré nom de... ». Il se mit à marcher, erra, regarda, bras ballants puis mains sur la taille, le vide - chaleur vicieuse, corps mou, moite, gorge sèche, sèche comme les nénuphars là-bas qui n'avaient plus des têtes de nénuphars, poubelles vides, que du sec; penché, l'homme ne sentit rien que l'odeur de la société et, relevé, la tête lui tourna. Il regarda le ciel mais à quoi bon quand ce n'est ni la pluie ni un dieu qui le remplit, ni même l'univers mais le sort, oui, le sort, qui le regardait de haut et devait bien rire, ah ça, le sort, il le dévisageait, déclarant : « Tu as soif ? Repasse une prochaine fois, on verra bien si tu as de la chance, alors. » L'homme voulut partir, il devait bien y avoir de l'eau quelque part, et considéra une dernière fois l'étendue presque marécageuse.

Tout à côté, là, dans l'étang, l'eau stagnait puis ricocha sur une ombre; l'homme vit nager une foulque. Elle sortait et entrait la tête dans l'eau, se secouait - « Elle m'invite ? » dit-il tout haut à qui voudrait bien l'entendre, c'est-à-dire personne.

La nuit était noire, silencieuse, sans étoiles, quand il plongea. D'abord il se mouilla le cou, comme quand il était petit, puis il sauta tout entier. Ce fut un soulagement immédiat. « Liberté, il cria. Liberté ! » Il oublia tout. Il n'avait que faire du poids de ses vêtements trempés qui l'emportait vers le fond, de la peste qui suintait des poubelles renversées dans l'eau où flottaient des déchets, que faire non plus de l'opacité verdâtre de ce reste d'eau du fleuve où se baignaient avec lui les sangsues qui le surveillaient de près : l'une ou l'autre s'accrochait, sous son tee-shirt, au ventre maigre mais flasque, laissant sous elle une petite goutte de sang. L'homme ne sentait rien, ne sentait plus que la fraîcheur ; il but.

Il flotta longtemps sur le dos, rit, s'éclaboussa de ses mains blanches, et but. Il but sans s'arrêter, à grosses gorgées, à s'en étouffer, à noyer la soif dans son ventre, la soif et tout le reste. La nuit était noire, comme si le soleil s'en était allé pour de bon, lassé des hommes.

Au petit matin, un corbeau s'enfuit au bruit de pas qui approchaient. C'étaient deux éboueurs ; ils suaient des litres sous leur pantalon épais mais n'en disaient rien ; ils s'étonnèrent de la paire de chaussures élimée, abandonnée sous le merisier. L'un des deux dit dans un rire : « Le gars qui portait ça ne risque plus de faire un pas avec », puis ils partirent. Le corbeau, lui, revint. Il regardait, intrigué, la tête penchée, l'ombre qui flottait au bord de l'eau – une forme vaguement humaine, sans visage, gonflée.

Au camp, les soldats faisaient une drôle de mine.

— C'est deux ados qui habitent le coin qui ont retrouvé le corps, précisa celui qui avait raconté l'histoire autour de la radio dont on n'entendait plus s'échapper qu'un bruit de fond insensé.

— Ça ne devait pas être beau à voir, répondit un autre en grimaçant.

Un silence se fraya un chemin entre les corps rabougris par la courte nuit qu'ils avaient passée – c'était le bruit de la compassion radine et résignée. Au bout d'un court moment, comme s'il avait patienté pour ne pas paraître indécent, un garçon demanda, dans un éclat de voix soudain : « Il reste du café ? »

*

Juillet vint après un mois de juin qui avait semblé durer des siècles. Le ciel était toujours opaque, il ressemblait aux poumons encrassés des fumeurs de longue durée et Bas-les-Monts n'en paraissait que plus vulnérable. Les ruelles étaient toutes pleines des mêmes paroles, répétées sans cesse – « Dire que l'été commence à peine. » À une quarantaine de kilomètres de là, une voiture, de temps en temps, passait sur la route vers la ville, faisait signe aux soldats ; parfois, l'une s'arrêtait et quelqu'un en sortait, qui apportait du ravitaillement – de l'eau, des conserves, des fruits, principalement. La troupe, le long du bitume, surveillait l'ennemi et sa progression insatiable ; derrière la glissière métallique qui séparait la route des champs, de petites étincelles grillaient, produisaient en s'immolant le bruit de milliers d'insectes qui auraient claqué des dents. Dans le ciel, pas un nuage ne gâchait la vue du soleil sur le brasier.

Un camping fut évacué dans cette zone : toutes les

bombonnes de gaz qui s'y trouvaient furent jetées dans la piscine qui trônait au milieu des parcelles, dont le propriétaire espérait encore qu'on ne la viderait pas pour arroser d'eau chlorée les feux qui sévissaient sur un mont, juste derrière l'établissement bordé de vignes aux grappes assoiffées.

Les bosquets, le long de la route, étaient en feu : il fallait absolument sécuriser cette voie, car elle était l'unique accès aux collines orange autour de la ville. C'était un travail de surveillance, de vigilance acharnée, à rôder sur les sentiers, éteindre les brandons qui guettaient les coins encore verts pour s'y jeter. Les gars, après des heures, avaient avancé de quelques centaines de mètres, au mieux de trois ou quatre kilomètres : ils débroussaillaient à leurs pieds tout ce qui, flammes venues, deviendrait menace. Au loin, un orage grommelait sans que l'on aperçoive encore ses fractures lumineuses dans le ciel ; l'escouade remonta dans les véhicules pour s'éloigner sur la nationale, où un couple qui venait de passer en voiture avait signalé de nouvelles fumées suspectes. Les mobilisés se dépêchèrent de grimper dans les camions et, quand ils arrivèrent, ils virent de fait les premières lueurs orange se frayer un chemin de la lisière d'un bois au champ qui lui faisait face – le garçon au volant accéléra, déclencha les sirènes pour les dernières voitures qui passaient là, mais alors qu'ils avaient tous la tête tournée vers l'étendue qui prenait feu, une centaine de mètres au-delà du bitume brûlant, le camion freina brusquement sur la route arrosée en prévention par une troupe précédente. Au moment du choc, il y eut comme une grosse et brève inspiration parmi les jeunes gens, surpris par l'arrêt brutal – « Qu'est-ce qu'il y a, que se passe-t-il ? » demanda-t-on d'une seule voix.

Jules se pencha par la vitre à côté de lui, éteignit le caméscope qu'il portait encore au poing, avant de descendre et de disparaître derrière le capot; les autres sortirent à leur tour, formant bientôt un petit cercle irrégulier autour du corps qui était couché, disloqué, sur la route.

— Il est mort? demanda Maxence.

— Non, on dirait qu'il bouge encore un peu.

— Tu es sûr? Je ne vois rien, moi.

Un chevreuil gisait sur le bitume. Son poil brillait partout de sueur et l'angle d'une de ses pattes, redressée, tombait sur la route millimètre après millimètre, aggravant chaque fois la posture artificielle et déchirée du membre; le ventre n'avait plus forme animale, côtes saillantes, dos arrondi et, près du cou, une entaille qu'on ne voyait pas couler étalait déjà sur la route un liquide presque brun. Le sang caressa bientôt le nez malheureux; l'air ne semblait plus vouloir entrer jusqu'aux poumons, épuisé à mi-parcours. Le conducteur se tenait à l'écart, se frottait l'arrière de la tête d'une main - l'autre, poing fermé, tremblait sur sa hanche droite.

— Il devait fuir le feu, le pauvre, murmura Jules. Ça ne ressemble plus à rien, par ici, avec les bois qui brûlent de tous côtés.

Le chevreuil remua très légèrement une patte; la respiration sur son ventre apparut plus rapide, puis trop rapide.

— Vous voyez, il vit encore! s'exclama Nino. Il faut qu'on l'aide...

Comme s'il avait compris, le malheureux étendu par terre gémit; on aurait dit qu'il essayait de parler aussi fort que possible, qu'il implorait. Nino s'accroupit juste à côté de sa tête, prit la gourde qui pendait à son épaule, puis fit glisser de l'eau dans la bouche du chevreuil qui, sans que l'on y crût, se mit tout de même à boire – ses yeux noirs cherchaient parmi les corps une échappée possible mais ses pattes qui voulaient se lever gigotaient vainement, sans appui.

Capelli, qui faisait les mille pas sur la route, mains en poche, revint près d'eux.

— Bon, on y va ?

— Attends, il faut l'aider, rétorqua Nino.

— C'est déjà presque un cadavre, ton truc. En plus, il en meurt des milliers, avec les feux, alors un de plus...

Montiel avait l'air gêné, pinçait les lèvres. Il correspondait à l'archétype du soldat du feu, épais, vif, cheveux courts, regard brun – à cet instant, il était moins un chef qu'un homme, qu'un accident avait subitement creusé jusqu'à tomber sur l'âme, sous le corps massif. Le chevreuil à ses pieds étouffait, ses pattes continuaient de battre l'air inutilement, de peine et de douleur, ses yeux regardaient l'un puis l'autre, puis le vide – des soubresauts l'agitaient : la flaque de sang, rougeâtre, gluante, chaude, s'étendait.

— On ferait peut-être mieux de l'achever, finit par dire le sergent.

Au sein de la troupe, on évitait les regards, dans un silence d'église.

— Moi, je ne pourrais pas, dit Pollen.

— Moi non plus, ni moi, dirent d'autres voix ou d'autres yeux.

— Reculez, je vais le faire, soupira soudain Jean Capelli. Qu'on en finisse.

Il se rapprocha, bouscula presque les jeunes gens pour passer, sortit un canif d'une des poches de son pantalon et s'avança jusqu'au chevreuil d'un pas rapide, décidé. Il n'y avait rien sur son visage qu'un peu de sueur et d'impatience.

— Non, laisse, donne-moi ça.

Tommy l'arrêta dans son élan, lui prit le couteau des mains ; Capelli le dévisagea, comme enragé un quart de seconde, puis il lui indiqua où viser.

— Un gros coup sec, juste là.

Tommy hésita – les poils courts formaient des genres de pointes mouillées, les yeux du chevreuil se fermèrent soudain, comme si lui-même ne voulait pas voir cela, comme s'il ne voulait pas savoir ce qui venait – puis, d'un geste du poignet, les yeux mi-clos lui aussi, sous ses sourcils froncés, le garçon donna le coup. Entre les poils, la brisure de la peau forma une fine ligne rouge, coulante, d'où sortit l'âme en lambeaux ; le sang se répandit davantage sur la route, le chevreuil ne remuait plus et ses orbites, exacerbées, fixaient désormais le ciel de cendre – lequel était lourd de corps, depuis longtemps. Tommy le regarda dans les yeux, de longues secondes, après quoi il se releva et claqua le canif dans la main de Capelli, sans rien lui dire ; celui-ci versa l'eau d'une gourde sur le couteau puis l'essuya sur son uniforme où la grosse tache humide sécha en un instant. Deux camarades tirèrent le cadavre sur le bas-côté où ils le laissèrent en plein soleil, sans autre choix – aussitôt des mouches trouvèrent jusque-là le chemin. L'accident fut comme une pause dans le temps étiré du front, dans la torpeur des jours de travail qui s'enchaînent sans qu'on ait le temps de s'apercevoir que c'est en même temps la vie qui passe – les pauses étaient toujours les bienvenues, mais celle-ci, on fit en sorte qu'elle s'achève rapidement, comme un souvenir qu'on voit se former, dont on sait d'avance que l'on n'aura pas envie de se le remémorer, et que l'on abrège en amont.

— Il était déjà trop tard pour lui, murmura Tommy en marchant à côté de Nino et Joseph. Je ne voulais pas que ce soit Capelli qui s'en charge.

Tommy n'avait jamais tué d'animaux avant cela, jamais directement ; il ne tenait pas à ce que cela se reproduise.

— Capelli, il aime ça. Il fallait rendre service à la bête. Pas faire plaisir à ce type. Alors je l'ai fait, c'est tout.

Il cherchait à se justifier. Le restant du trajet, le peu de minutes qui les séparaient encore du sentier où ils devraient ensuite dérouler les tuyaux, sortir les pelles, les pioches, s'affairer pendant des heures, Tommy ne dit plus rien et fixa le sol, la main droite serrée dans sa poche, tout à ses songes. Sur son visage, les traits étaient plus fermés qu'à l'accoutumée. Peintre en bâtiment, il n'avait pas vingt-cinq ans pleins mais avait connu des dizaines d'emplois, et avec cela les journées trop longues et la vie trop pénible. Il avait l'habitude de dire que dans l'existence, il aimait les blagues, les jours fériés et deux ou trois autres choses, qui variaient selon le moment ; mais s'il avait le fond gentil, ses paroles étaient franches, voire abruptes. Les gars avaient vite appris ce qu'il n'aimait pas : l'ennui, les lundis, et deux ou trois autres choses - en le disant, il finissait toujours par jeter un coup d'œil à Capelli. Joseph le remarquait chaque fois ; les introvertis ont parfois une longueur d'avance en matière d'observation.

Les feux brûlaient davantage que des terres, ils brûlaient un monde : les vies par milliers se changeaient en une fumée recouvrant les villes, comme pour rappeler à la multitude humaine le massacre qui avait cours là-bas, sans certitude qu'elle comprenne jamais quoi que ce soit – parmi ceux qui s'apitoyaient sur le sort des êtres qu'ils appelaient « bêtes », combien se moquaient des morts moins spectaculaires, ou plus dissimulées ? Combien, à la justice, préfèrent la complaisance ? Aux yeux des hommes, il n'est souvent de victimes, de martyrs, que celles et ceux sous les projecteurs.

Depuis des semaines qu'elles étaient en flammes, les forêts se vidaient au galop de tous ceux qui pouvaient fuir, aussi croisait-on sur les routes des sangliers égarés, des biches dont les cœurs affolés menaçaient d'imploser, des lièvres qui couraient les rues et, avant de rencontrer un regard, se heurtaient au métal des voitures qui leur arrivaient dessus, se mêlant aux hérissons que l'instinct sauvait des flammes mais qui, en quelques générations, n'avaient pas encore acquis de méfiance envers ces mêmes routes où mouraient leurs voisins ; les oiseaux, les poumons en feu, s'échappaient à grands coups d'ailes qui les épuisaient, finissaient par chuter, à l'agonie, sur le sol brûlant, les plumes exhalant, encore tièdes, l'odeur de fumée – au bout du monde, sans feu, ils tombaient aussi, sous la cinquantaine de degrés qui les écrasait. Tous fuyaient mais n'avaient nulle part où se réfugier et, au fond, c'était une course sans fin véritable, comme une chute perpétuelle de leur monde dans le nôtre devenu si inhospitalier ; ils tentaient d'échapper à leur perte, derrière eux concrète, dans ce mur de flammes, et devant eux encore abstraite, sans se douter que tout l'artifice humain les accueillait à bras ouverts mais les suiciderait. Puis il y avait aussi tous ceux qui ne pouvaient filer ou demeuraient trop lents, se retrouvant dévisagés par le feu qui les rendait dès lors plus inenvisageables encore qu'autrefois ; des millions ainsi périssaient et Nino, le matin même, avait de nouveau au ciel levé les yeux en entendant dire qu'il n'y avait, heureusement, aucune victime à déplorer – il est des victimes dont on fait des dommages collatéraux, comme si la vie pour être digne avait besoin d'une raison qui fût humaine, et encore.

Joseph, après un mois et demi auprès de Nino, avait les oreilles emplies de ses mots et discours sur les modes de vie criminels, sur l'absurde désir, insatiable, de chair et d'argent, sur le travail qui rythmait l'existence jusqu'à la réduire à cela, jusqu'au tombeau ou presque. L'esprit ouvert aux invectives de son camarade sur le vieux monde, il retint ce jour comme celui des cadavres. Car il y en avait, comme sur tous les fronts, à la différence que les corps étaient divers, qu'ils n'avaient pas forme humaine ; c'était pour les animaux une guerre de plus. Par endroits, par-dessus la fumée flottait une odeur de chair cuite, de peau et de poils brûlés, et il arriva à l'un des gars de marcher sur un sol qui n'avait pas une consistance de sol : c'était un animal dont on n'aurait plus su dire le nom, masse noirâtre, fumante, comme tous les restes d'arbres et de souches, dont la fuite avait été vaine. Ce fut bientôt une suite de corps rabougris dans la boue noire et granuleuse des terres devenues cendre – sur combien marchèrent-ils, sans savoir qu'il y avait sous leurs pieds les restes d'existences parfois insoupçonnées ?

Toutefois le temps pressait, on n'avait pas le luxe de s'arrêter, de regarder les plus grandes créatures dans le trou des yeux pour savoir à quelle espèce avait autrefois appartenu le cadavre ; il fallait avancer, poursuivre la lutte, laisser derrière soi les corps qu'on ne ramasserait jamais, dont on ne se souviendrait pas le moins du monde, qu'on ne mentionnerait pas dans les journaux ni ailleurs et qui, n'ayant plus d'endroit où vivre ni d'endroit où fuir, s'évaporeraient, s'enfouiraient, conséquences plus que victimes. Déjà, à travers tout le pays, il y en avait parmi les hommes pour se plaindre de n'avoir plus rien à chasser, plus personne à terroriser dans les campagnes – la nouvelle de la solidarité entre chasseurs s'était frayé un chemin jusqu'au camp où Joseph avait vu les yeux de Nino se lever plus haut encore vers le ciel, exaspéré qu'il était, pris de tristesse et de colère à la pensée de ces vies que rien n'épargne. Leur société indécente promettait que, pour les ridicules prédateurs armés de fusil dont les proies avaient été décimées par les feux, il y aurait toujours un coin du pays où ceux-là, que l'horreur n'avait pas encore assouvis, pourraient courir les bois sur quatre roues pour chasser les derniers survivants, pour tuer les rescapés.

Des forêts où ils avaient lutté la veille, les gars avaient manqué de peu l'exode des animaux qui avaient eu le temps de fuir et, parmi ces exilés de force qu'étaient les oiseaux, les renards, les cervidés, il y avait aussi un homme, un vieil homme et son âne, que le bourg voyait passer parfois. Ils traversaient la petite rue où habitait Nino et, sous la fenêtre de sa chambre, celui-ci entendait alors claquer les sabots sur les pavés entremêlés des herbes sauvages les plus résistantes. Le vieux Jean et Ulysse, c'étaient leurs noms, vivaient sur le flanc est de la colline où se trouvait la ferme évacuée quelques semaines plus tôt ; ils étaient bien connus, dans la ville, même s'ils n'y habitaient plus depuis longtemps. À sa retraite, le vieux Jean était parti s'installer dans un petit chalet qu'il avait construit de ses mains, tous les dimanches, pendant des années. En quittant la ville par les routes boisées et sinueuses, on l'apercevait parfois, toujours avec Ulysse. Le vieil homme le tenait par un licol et une longe en ficelle mais on ne savait pas, au fond, qui promenait qui. À eux deux, ils avaient cent ans passés.

Le jour où les environs avaient pris feu, c'était une autre troupe qui avait dû convaincre le vieux Jean de partir. Les gendarmes étaient là, ils peinaient à le faire monter dans leur voiture sous ses râles qui disaient : « Hors de question, je ne partirai pas, pas sans lui » ; il désignait d'un coup de menton la prairie où le pauvre Ulysse regardait monter la fumée, l'air de se retenir de courir, paniqué, par loyauté envers son humain. Finalement, un des gendarmes s'était débrouillé pour faire venir jusque-là le tracteur de son frère, agriculteur dans la région ; tous les quatre étaient partis juste à temps mais le vieux Jean, surveillant dans le rétroviseur le van qui transportait Ulysse, n'avait dit mot de tout le trajet. L'âne, désormais, tondait ce qu'il restait de pelouse à l'arrière de l'auberge de jeunesse où le vieux Jean était réfugié. À cette heure-ci, tandis que Joseph et Nino noyaient dans la forêt tout ce qui continuait de se consumer, pour parer aux sautes de feu qui auraient, joyeuses, embrasé les champs secs de tous côtés jusqu'à la route nationale dont on aurait redouté la perte sans cet arrosage ; tandis qu'ils ne remarquaient pas le bruit du tracteur qui arrivait sur le champ en contrebas pour en retourner la terre en toute hâte ; tandis que Jules avait braqué l'œil rond de sa caméra sur ce qui demeurait de silhouettes dans la fumée, en ville, Silvia, la petite sœur de Nino, distingua les sabots d'Ulysse qui cliquetaient sur les pavés de sa rue. Le bruit semblait plus fort, comme si l'écho prenait la place de celles et ceux qui naguère habitaient là, tout autour, et avaient, à l'appel, pris le chemin du front.

Car les temps avaient changé : s'il n'y avait eu aucune femme civile mobilisée, toutes celles qui voulaient s'engager étaient les bienvenues. Aucune ne s'était retrouvée avec Joseph et Nino, cependant on avait entendu parler partout de la bravoure des volontaires féminines et de celles qui étaient déjà soldates avant l'appel. Aussi, les jours passant, on s'était habitué, on avait compris qu'il ne leur manquait ni force ni mental, si bien qu'il n'y avait plus désormais dans les troupes ni hommes ni femmes. Sur le front, on oubliait presque les sexes mais il est vrai que, parfois, revenus au camp, ils réapparaissaient, comme quelque splendeur du ciel redécouverte lorsqu'un brouillard, d'un coup dissipé, cesse de la cacher sous son voile duveteux. Un jour que du front trouble on revenait à la clarté triste du camp, ce que l'on qualifia par la suite d'incident faillit passer inaperçu. Ce soir-là, en effet, un des jeunes hommes, dans une section qui opérait à l'opposé de celle de Joseph et Nino, se rappela qu'il y avait parmi ceux qu'il nommait ses frères de lutte une femme ; le fait est qu'il ne l'avait jamais appelée « sœur » – peut-être d'avance s'était-il dit, au fond de lui, qu'il valait mieux ne pas donner pareil nom à celle que, sous un ciel ébène encore davantage obscurci par la canopée, dans le silence des nuits sylvestres, il approcha derrière la toile que les deux femmes du camp tendaient là par souci d'intimité durant leur toilette. C'était un petit coin sombre, à l'abri des regards : des jours durant on ignora tout à fait ce qui y était advenu. L'autre femme, seulement, s'aperçut un matin que sa camarade, qui avait une vingtaine d'années, des cheveux qui lui tombaient bas dans le dos comme des brins de paille, des cheveux qu'on aurait dits aussi asséchés que les champs, que cette demoiselle, donc, avait soudainement commencé à éviter de se rendre là-bas, derrière la toile. On les vit alors discuter entre elles, à chaque répit, mais on remarquait à peine les coups d'œil frustrés que l'homme de cette nuit-là lui jetait régulièrement, à elle qui avait osé le rejeter d'un coup de genou. On ne se douta de rien jusqu'au jour où les deux femmes quittèrent le campement : elles annoncèrent en partant qu'une troupe toute de femmes constituée venait de voir le jour dans le sud de la région – sans la naissance de cette escouade, nouvelle que l'on s'empressa d'annoncer dans diverses rubriques des journaux, qui sait si l'on aurait entendu voguer, d'une colline à l'autre, jusqu'en contrebas, les raisons qui avaient motivé ce schisme.

Et ce fut précisément dans les journaux que les gars de cette troupe eurent des nouvelles des deux femmes parties sans laisser de traces, sinon une once d'amertume et quelques airs perplexes. Le premier article sur cette nouvelle section était paru un jeudi – imprégné d'une ironie semblait-il assumée. L'homme de la nuit l'avait trouvé cocasse par son seul sujet ; à son étonnement, il avait dû faire face aux reproches de certains de ses frères, qui ne goûtaient pas son machisme. Quoi qu'il en soit, il avait moins ri, ensuite, en apprenant que l'escouade des femmes avait permis d'éviter l'évacuation d'un village entier. Deux autres troupes du même genre s'étaient constituées dans le pays : leur force résonnait jusqu'à l'autre bout du continent. Un deuxième journal s'était emparé du sujet, avait présenté sur trois pages le parcours de quelques-unes de ces soldates. D'autres reportages avaient encore suivi, qui portaient sur celles qui, loin de la ligne de feu, résistaient en organisant par exemple des récoltes de vivres pour les évacués et les mobilisés. On avait proposé à Lola d'être de celles qu'on mettait à l'honneur ; elle avait refusé – un agacement lui restait encore sur le bout de la langue d'avoir été vue femme avant que résistante.

En ville, une colère vadrouillait et finit par s'allier au brin d'irritation qui couvait depuis l'appel – on commençait à trouver le temps long. Bon nombre d'hommes partis, la cité s'était réveillée un matin, triste de n'avoir en son sein plus que des enfants ou des vieillards ou des entre-deux qu'une raison ou l'autre gardait loin du front, autant de gens que les illusions jusqu'alors tenaces d'éternelle vie humaine, par la force des générations s'enchaînant toujours, ne parvenaient plus à bercer. La ville pouvait bien regarder où elle voulait, partout le ciel l'enrobait d'une perpétuelle couche fumeuse qui semblait lui dire : « Regarde, ville : à tes usines fumantes, faux poumons d'acier aux alvéoles d'argent, ont succédé les feux de tes espérances de vie. Regarde, ville : tes forêts brûlent comme ont trop brûlé tes usines et les corps par milliards, l'air partout ne sera bientôt plus que touffeur et les cieux, cendre. » Silvia, qui était bien petite encore pour comprendre, comprenait tout de même et, comme une enfant qui aurait vécu des millions d'années, pour les siècles des siècles, elle regardait par la fenêtre de sa chambre en ayant l'impression de se consumer un peu elle aussi. À l'aube, les avions en valse continuaient de la réveiller : c'était une peur profonde qui l'envahissait, comme si d'un autre temps elle gardait toujours gravé en elle le souvenir des villes et campagnes rasées par ces oiseaux de métal. C'était aussi parce que les parents, dont de nombreuses mères seules, devaient s'atteler à consoler leurs enfants, que l'insouciance avait quittés précocement, qu'une colère diffuse se mettait à bourdonner en ville.

L'autre raison qui prenait plus de place encore dans cette rogne, grignotant du terrain sur le pays – et l'inquiétude l'accroissait –, était d'ordre pratique, s'avérait même vitale : l'eau manquait. Depuis des années, les agriculteurs se plaignaient des pertes que la terre vengeresse leur causait à coups de sécheresse et les éleveurs disaient prélever dans leur stock hivernal la nourriture pour leurs bêtes, celles-là mêmes dont on niait la conscience, derrière des kilos de corps-chair à vendre ; à cela s'ajoutaient désormais d'autres conséquences, qu'on remarquait pour de bon – la mairie n'arrosait plus fleurs ni jardins publics, puis coupa les fontaines –; les robinets eux-mêmes avaient soif sous chaque toit. Tout le pays sonna l'alerte : l'eau courante manquait, on n'osait plus dire combien de foyers en étaient déjà privés, à qui l'on distribuait chaque jour des bouteilles. À Bas-les-Monts, on avait encore de l'eau mais plusieurs villages des environs se lavaient déjà à la casserole, allaient chercher leur ration à la boulangerie, regardaient les jardins périr, s'y promenaient dans le bruit des feuilles mortes qui n'avaient pas attendu l'automne pour chuter. Leur bruissement raclant le sol était un cri de rage autant que de peine.

L'odeur du front, régnant sur les terres à une trentaine de kilomètres désormais, pénétrait toutes les narines des gens de Bas-les-Monts, mais un endroit au moins y échappait un peu : dans la boulangerie, le parfum du pain frais et des baguettes encore tièdes couvrait celui de fumée. Lola était d'humeur silencieuse et songeuse ; on aurait presque pu deviner ce sur quoi son esprit voguait rien qu'à la forme de ses pupilles – là, sans doute, au fond de ces trous noirs, s'activait Nino, ou plutôt une image de Nino. Il n'était pas du genre à écrire de longues et régulières missives, aussi n'avait-elle de ses nouvelles que lors de ses incursions au camp ou par Astrid, la mère de Nino, qui elle-même apprenait le peu de choses qu'il racontait dans les lettres destinées à Silvia. Ses deux enfants avaient toujours été proches, surtout depuis la mort du père, événement le plus tu de tous ceux qu'avait vécus la famille. Lola et Nino avaient suivi leur scolarité ensemble et leurs caractères respectifs s'étaient forgés l'un sur l'autre. Après l'école, au fil du temps, ils s'étaient moins rencontrés, mais Lola aimait à croire que, en esprit, ils n'étaient jamais éloignés. Les yeux rivés sur une petite cicatrice qu'elle avait gardée dans la paume de la main depuis ses onze ans, un jour où Nino et elle avaient cru bon de courir sur l'étang gelé du parc, jusqu'à ce qu'elle tombe et s'entaille avec un bris de glace, elle revint à la réalité de cet instant, à l'appel, à la ville morne, à ceux qui restaient, à la fumée et à l'angoisse du front approchant, quand la porte s'ouvrit sur des clients. *Il est étrange que le quotidien se remette si vite de ses émotions et que, d'une seconde à l'autre, on s'affole puis on retourne au travail*, pensa-t-elle.

Plus tard dans la matinée, alors que Silvia accompagnait sa mère jusqu'à la boulangerie et qu'elles discutaient un moment avec Lola, qui récoltait et distribuait en même temps que le pain quotidien le courrier qu'on lui confiait entre le camp et la ville, un homme entra et, tandis qu'il désignait du doigt une baguette traditionnelle, il marmonna, puis dit d'un seul coup, comme s'il avait gardé trop longtemps pour lui seul la nouvelle :

— Ils arrosent le golf ! Je reviens de la colline ouest et, là-bas, l'herbe est plus verte qu'ici, je vous le dis, bougonna-t-il. Bien sûr, derrière les grosses baraques, au fond, on ne voit rien, mais en passant près du golf, j'ai bien vu qu'ils l'arrosaient ! Et nous, on est là, on surveille le temps qu'on passe dans notre douche, on n'a plus un rosier de fleuri dans toute la ville, pendant que là-bas ça joue peinard sur l'herbe toute neuve, toute verte, encore humide.

— Ils ont une dérogation, sans doute..., murmura Astrid.

— Pour sûr, ils ont des dérogations pour tout et n'importe quoi, ceux-là. Du moment que ça paie, ça peut tout. Et ce n'est pas le maire qui râlera, c'est tous ses copains, sur la colline ouest. Tous ceux qui l'ont mis à la mairie.

— Il avait tout de même beaucoup de gens avec lui, aux élections, dit une dame qui était entrée entretemps dans la boulangerie. Les gens ont voté pour qu'il soit là.

— Les gens n'ont pas voté pour qu'il soit là, madame, ils ont voté pour que l'autre candidat n'y soit pas. Ce n'est pas pareil, il me semble.

La dame haussa les épaules, s'approcha du comptoir pour regarder quelles pâtisseries il restait ; l'homme la dévisagea une seconde, prit finalement la baguette que Lola avait déposée à côté de la petite coupelle plate pour la monnaie, y mit quelques pièces qu'il tourna et retourna d'abord entre ses doigts, reculant la tête et plissant les yeux dans un mouvement de vieillesse pupillaire, avant de s'en aller nonchalamment. Cependant, en ouvrant la porte, il interrompit la commande d'Astrid en se retournant vers Lola.

— J'allais oublier... Il paraît qu'avec votre père vous ravitaillez les troupes du camp qui n'est pas loin, où il y a des gars d'ici, surtout ?

— Effectivement, lui répondit-elle.

— Et il paraît que vous faites passer le courrier, aussi.

— On vous a bien renseigné.

Il sembla hésiter, comme repris d'une vieille timidité ou d'une pudeur que son humeur agacée tendait à cacher dans un coin de son cerveau, mais qui ne manquait jamais de réapparaître.

— C'est que mon neveu est là-bas, dit-il, les yeux humides. Vous lui feriez passer du courrier de ma part ?

— Oui, il suffit que vous me l'apportiez à la boulangerie - elle attendit d'avoir fini de fermer le sachet de pain pour poursuivre : sa voix fine ne passait pas au-dessus de ce bruit de papier. On va presque tous les jours jusqu'au camp, de toute façon. Les gens nous confient toute sorte de vivres.

— Et des prunes, vous lui donneriez des prunes ? J'en ai plein le jardin.

— Si vous voulez, oui.

— Oui, des prunes... Et je lui écrirai, au petit, dit-il comme pour lui-même, songeur un instant puis, relevant brusquement la tête : Au revoir, merci, dites, merci.

Il sortit et la dame à qui il avait répondu, les bras croisés, comme vexée qu'on doutât du maire, se tourna vers Astrid et Lola.

— Vous le connaissez ?

— Il est de la famille Laurent, il me semble, de l'agence immobilière, dit la mère de Nino - institutrice, elle avait la tête pleine des visages et des noms de tous ceux qu'elle avait eus pour élèves et, souvent aussi, de leur famille proche. C'est le frère de Mme Laurent, si je me souviens bien, la mère du petit Paul. D'ailleurs, il doit avoir un an ou deux de moins que toi et Nino, dit-elle à Lola, mais il était dans une autre école. Quand il est arrivé ici, vous aviez déjà quitté le primaire. Ça ne te dit rien, Paul Laurent ?

— Non, dit Lola en remuant la tête. Mais j'ai dû le croiser au camp.

— Paul... Je me souviens, il avait deux sœurs très blondes. Vous savez, ces deux filles toujours à rire ensemble, qu'on croise parfois sur l'avenue Leroi. Dès le printemps, il n'arrêtait plus d'éternuer, le petit Paul - elle marqua une courte pause. Lui aussi a été mobilisé, alors...

— Vous avez un proche là-bas ? demanda la dame qui décroisa les bras pour joindre les mains.

— Oui, Nino est parti. Mon fils. C'est sa petite sœur, Silvia.

La dame ne la regarda pas, reprit la parole.

— Le mien n'y est pas. Une histoire de respiration, le souffle trop court, ils ont dit.

Sur son visage, qu'elle semblait vouloir garder stoïque, passa une seconde de réjouissance.

— Il serait parti sinon, vous savez. Il y en a, en revanche, qui s'en seraient bien passés... Et le monsieur qui était là, à se plaindre du maire, il n'a pas l'air de savoir que, sur la colline ouest aussi, les parents ont dû laisser partir leurs fils. Ça, oui. L'argent ne paie pas tout, non.

— Mais le plus grand fils des Capelli, il n'est pas parti, il me semble ? releva Lola.

— Lui, non, mais le cadet, si. Le plus grand doit s'occuper de l'entreprise familiale avec son père. Tant d'employés, ils ne sont pas trop de deux pour gérer ça, j'imagine.

— J'imagine, reprit Lola sur le même ton, l'ironie en plus. Un pain sept céréales, comme d'habitude ?

— Comme d'habitude.

La dame trépignait, l'air insatisfait, ayant l'impression sans doute qu'on ne l'avait pas prise au sérieux.

— Le cadet des Capelli, avec son caractère, je suis certaine que là-bas ils lui ont déjà donné un grade.

Pendant ce temps, Jean Capelli, le cadet de sa fratrie, qui venait de la colline ouest, cette colline qu'en ville on appelait aussi le Mont-aux-Riches, là où « villa » signifiait « piscine » et pour beaucoup « résidence secondaire », Capelli, dans les bois, regardait travailler les soldats autour de lui, ne sachant que faire sinon répéter : « Là, plus vite... Allez... Les gars, venez éteindre cette souche. » Capelli, en somme, ne s'épuisait peut-être qu'à voir les autres faire et à penser, surtout, à son père, ce père qui avait dans les poches une fortune, dans les mains une entreprise dont tout le pays connaissait le nom, et qui l'avait forcé à obéir à la lettre qui le mobilisait sur le front – « Histoire que tu te dégourdisses », il lui avait lâché, et la phrase lui sonnait encore dans l'oreille, par-dessus les crépitements, au cadet Capelli. Il se l'était répétée, longtemps ; à force, un peu de colère était montée en lui aussi, comme chez tous ceux qui voyaient les jours s'écouler au même rythme que les flammes dévalaient les champs et les prés, si bien que Joseph et Nino, qu'il dépassa, une pioche à la main, s'étonnèrent de le voir soudain s'acharner avec eux, aider la troupe dans sa lutte. On n'apercevait pas sous son casque ses traits tirés mais ses mains s'agrippaient à l'outil de toute leur poigne et, quand Capelli s'arrêta une seconde, lâchant la pioche d'une main, cette dernière resta serrée, le poing rond et massif sous son gant. Puis il reprit, et ils mirent ensemble hors du chemin la souche qui bloquait l'avancée.

*

Les corps maigrissaient, brunissaient, brûlaient sous le soleil partout où l'uniforme laissait la peau voir la lumière. Les mobilisés marchaient par groupes de deux sur des chemins aléatoires, à bonne distance les uns des autres, au milieu des terres qui finiraient charbon à la moindre étincelle ; quatre personnes restaient toujours auprès des camions prêts à vider leur grand gosier d'eau, et l'on se relayait chaque fois qu'un binôme avait terminé la ronde.

— Brûlera... Brûlera pas... Brûlera...

Tommy effeuillait un coquelicot presque fané qu'il avait cueilli à la lisière d'un champ de maïs où l'on entendait remuer les feuilles sèches comme si quelqu'un allait en sortir. Il donna une tape amicale sur l'épaule de Pollen, qui bougonna.

— Désolé, mon vieux. La fin est proche pour toi, hélas !

— Arrête avec ça, tu veux, tu vas finir par nous porter malheur.

— Hé, ce n'est pas moi qui le dis, c'est la fleur...

Tommy haussa les épaules, l'air faussement désolé.

— Ne t'inquiète donc pas, mon vieux, j'écrirai à ta dulcinée et je lui dirai comment tu es mort en héros.

— Je préférerais revenir en héros, oui ! Et puis d'ailleurs, je n'en ai même pas, de dulcinée.

— Ça viendra, et ça, c'est moi qui te le dis. Par contre, hé, ne m'en veux pas, mais ne va pas croire qu'elle s'appellera Lola.

— Mais qu'est-ce que tu vas raconter là ? Lola, la fille du pain...

— Tu verrais les yeux que tu as quand tu la regardes ! « Merci, Lola » – il imita la voix un peu aiguë et tremblante de Pollen –, « Bonne journée, Lola », « Qu'est-ce qu'on ferait sans vous, Lola »...

— Eh bien, quoi alors, on ne peut plus dire merci ? Elle n'est pas serviable, peut-être ?

— Bien sûr qu'elle l'est ! s'exclama Tommy. Et pas désagréable à regarder, avec ça, n'est-ce pas ?

— Mais absolument, répondit Pollen sur un ton qui jouait une conviction désintéressée, univoque. Absolument. Tu me lâches, maintenant ?

Tommy ramassa une seconde fleur qu'il planta dans la poche de l'uniforme de Pollen, sur le torse. Il se mit à rire en le regardant qui continuait de hocher la tête. Il s'approcha pour l'attraper par les épaules, comme pour lui faire une confidence.

— Entre nous, camarade, on est tous un peu amoureux d'elle, au fond...

— Absolum... Ah non ! se ravisa-t-il. Non, tu ne vas pas recommencer, ne me fais pas dire ce que je n'ai pas dit !

La veille, en fin de journée, Montiel avait annoncé à ses hommes la nouvelle : le feu en bordure de route, près du camping évacué, était maîtrisé. Il avait fallu huit jours. D'autres troupes étaient sur les flammes les plus tenaces, mais eux auraient à surveiller les zones proches du camp. C'étaient des monocultures qui brûleraient en un rien de temps si un feu se déclarait. Depuis plus de six semaines qu'ils étaient mobilisés, les gars se méfiaient de ces forêts homogènes où les arbres s'étendaient par centaines de la même espèce, qui grandissaient là en attendant qu'on les coupe.

Nino les appelait « les forêts marchandises », il les traversait en regardant les arbres de bas en haut, tantôt marmonnant, tantôt déclarant combien il lui semblait injuste, indécent, que même les bois soient réduits à un usage qu'on leur trouvait, à une fonction qu'on leur avait assignée. Il disait : « Ça m'étonnera toujours d'y percevoir encore de la magie, de la majesté, quand on sait qu'ils sont là asservis, au nom de... au nom de quoi, d'ailleurs ? De rien qui soit plus essentiel que l'oxygène qu'ils nous procurent. » Il ajoutait : « Personne ne devrait avoir tant de pouvoir » et : « Je me demande, un monde où la monnaie ne serait pas une fin en soi... », laissant en suspens ses paroles. Il est vrai que ces forêts-marchandises étaient parmi ce qu'il y avait de pire, elles s'embrasaient comme du petit bois et emportaient tout sur leur passage ; n'en restait plus ensuite que des troncs renversés, la tête dans la terre cendreuse, comme s'ils avaient voulu étaler au soleil caniculaire leurs racines écorchées.

Joseph suivait Nino, à distance de quelques pas, sur la route terreuse bordant la forêt. À leur droite, au-dessus d'un champ de blé rasé l'avant-veille, voletait une fine poussière jaunâtre ; elle se transforma bientôt en un tourbillon qui s'éleva dans le ciel et les deux garçons l'observèrent un instant croître, se déplacer sur le champ, soulevant des brins de blé qui restaient là. Ils l'imaginèrent grandir encore, jusqu'à devenir tornade, s'élancer toujours plus haut en une spirale en forme de sablier, un sablier de poussière qui leur aurait chuchoté dans le vent, « Tic tac tic tac, quand retournerez-vous poussière... » Mais le tourbillon, rapidement, disparut. Le silence en sembla plus grand ; le soleil, plus lourd. Joseph garda fixés sur le bras gauche de Nino ses yeux où se reflétait le brassard qu'il s'était fabriqué. Aux aurores, Nino avait trouvé ce bout de tissu noir qui avait servi à emballer des fruits – Pollen avait reçu des mains de Lola deux kilos de prunes qu'il avait partagées avec toute la troupe – et s'en était fait ce brassard qui rendait hommage aux milliards, il avait dit, aux milliards d'animaux.

À mesure qu'ils avançaient, ils approchaient de l'abri où, plusieurs semaines auparavant, ils étaient allés enterrer le chat de Silvia. Leurs camarades derrière eux étaient assez loin ; par moments, on aurait dit que ce n'était qu'une promenade – n'était, là-haut, la fumée qui persistait, tenace, et dont à force ils avaient oublié le goût et l'odeur. De toute façon, le ciel bleu était gris depuis longtemps – mais, sous les flammes, on se rappelait que ce qui semblait être la nouvelle norme n'avait de normal que le nom.

Ici, on entendait encore remuer les herbes quand fuyait une musaraigne ou qu'une sauterelle froissait de ses longues jambes vertes des tiges avec lesquelles son corps se confondait. Il était presque treize heures – le soleil les guettait, comme impatient d'être à son apogée. Nino, qui connaissait ce coin des collines aussi bien que les renards qui y vivaient et qu'il avait observés, parfois, dissimulé avec Silvia derrière les murs de pitié de la cabane, avait montré sur les cartes détaillées que Montiel déployait avant chaque mission les chemins possibles si le camion devait se déplacer jusqu'à un départ de feu impromptu. Il avait dit en même temps aux gars qui patrouillaient quels sentiers parcourir pour couvrir de leurs yeux à l'affût de la plus petite flamme, de la plus légère fumée, le plus large terrain possible. Dans ses jumelles, il aperçut un morceau de la cabane en ruine, derrière les arbres, et vit un corbeau s'envoler, après avoir fouillé des branchages éparpillés au sol. Le chemin montait ; les monts voisins s'étendaient autour d'eux et de la ville, dans la vallée, qui à quelques maisons près aurait pu n'être qu'un village de campagne – on y voyait sinuer le fleuve, étroit, qui coulait jusqu'à la mer, à une centaine de kilomètres. Nino pointa du doigt un trou dans les arbres, en bas, là où le mont prenait son élan pour s'élever : il se retourna vers Joseph, une main en visière sur le front.

— Tu vois, là-bas, où il y a une espèce de brèche dans la canopée ? Il y a une vieille maison abandonnée. Une maison déjà assez grande, avec un étage et un puits derrière. La toiture est parsemée de trous et les fenêtres ont des planches au lieu des vitres, mais on voit qu'elle a été belle. Je me suis toujours dit qu'un jour je la retaperais.

— Tu y es déjà entré ?

— Non, jamais. Mais je suis souvent passé devant. Parfois avec Silvia. C'est une enfant, elle a besoin des arbres. Quand tout sera fini, j'irai à l'intérieur, voir à quoi cela ressemble.

Il s'arrêta de marcher, se posta dos aux hauteurs de la colline pour contempler le paysage – jaune, azur triste, le bourg comme courbé sous les coups du ciel et les bombardiers qui le survolaient.

— Tu viendras avec moi, n'est-ce pas ?

Joseph regarda Nino. Dès que leur mission avait vraiment commencé, après les trois jours de formation à la lutte contre les feux, la troupe s'était mise à parler de Joseph et Nino, on disait, « On verra avec Joseph et Nino », « Où sont Joseph et Nino ? », comme si l'un n'allait pas sans l'autre ; tous avaient remarqué aussi cette sorte d'aura du cadet des deux – rapidement, une fraternité particulière avait régné. Joseph observait, pensif, la ville terrée au bas des monts, d'où son nom.

— Oui, je viendrai avec toi, finit-il par dire.

— On en fera un refuge. Comme pour être à l'abri, quand on en aura trop vu, qu'on en aura marre de voir ce vieux monde. Et toi, tu pourras écrire.

Nino ressemblait au paysage, avec ses cheveux plus blonds sous le soleil et ses yeux bleus. Joseph trouva qu'il avait l'air d'un enfant, à ce moment, un enfant ravi de s'imaginer une vie dans la nature, loin d'Absurdie, comme il avait nommé le monde des hommes dans son carnet.

— Tu faisais quoi, avant la mobilisation ? demanda Nino.

— Je venais de terminer mes études, des études d'histoire. J'avais un job pour l'été et les week-ends, à la réception d'un hôtel.

Joseph habitait la métropole de la région, à une centaine de kilomètres de Bas-les-Monts. Il se rendit compte qu'il savait à la fois beaucoup et peu de choses de Nino ; les gars, dans l'escouade, se découvraient lors des moments de répit au camp – les brèves discussions autour de la radio de Maxence, les blagues de Tommy, les sifflements du Moineau, les éternuements de Pollen, l'orgueil de Capelli. Ils se connaissaient mieux par les gestes et les attitudes sur le front qu'ils n'en savaient sur leur vie quotidienne, avant l'appel.

— Et toi ? lui demanda-t-il à son tour. Tu faisais quoi, avant ?

— Je suis dans une école d'art. Je fais de la sculpture.

— Tu avais un job, à part ça ?

— C'est ça, mon travail. J'étudie, je crée. On ne me paie peut-être pas pour ce que je fais, mais ça a du sens et ça me demande du temps. On travaillera de toute façon toute notre vie. Et puis, étudiant, c'est un job, je refuse d'en avoir deux.

— Oui... Enfin, au moins, ça rapporte un peu d'argent d'avoir un petit boulot à côté.

— Bien sûr, mais ça te fait perdre du temps, aussi. Travailler, toujours travailler... Au fond, ce n'est pas le travail qui me dérange, c'est que ce soit une condition pour vivre, mais même pas une garantie d'y arriver dignement. Et le fait aussi qu'il n'importe pas que ça ait du sens, du moment que ça rapporte. Enfin, pas à nous, naturellement.

Il marqua une pause ; ils avançaient toujours sans qu'une fumée suspecte se dévoile ici ou là, entendant par moments le bruit des voix derrière eux, qui perturbait à peine le silence sinon seulement entrecoupé du tintement des gourdes.

— Regarde tout autour, il y a un million de choses qu'on pourrait faire, et tellement de jobs inutiles. Au lieu de ça, on se retrouve sous la canicule, à surveiller les bois, à force de les avoir étranglés – de nouveau, une pause, assez brève, et il reprit : Souvent, je me dis qu'il faudrait une révolution. Enfin, quelque chose, je ne sais pas quoi exactement, pour changer, tout, tout ce qui n'a plus de sens. Tu ne penses pas ? Une révolution, ce serait bien. Sans doute que ce serait d'abord le chaos, mais est-ce que ça ne l'est pas déjà ? Et les gens n'ont pas l'air de se rendre compte. Souvent, aussi, je me dis que c'est à force de devoir travailler, gagner de l'argent pour vivre, pour manger, que les gens n'ont plus le temps de réfléchir. Ou bien ils s'y complaisent juste par peur, ou par lâcheté. Au fond, je n'en sais rien, mais j'espère que je ne suis pas comme tous ceux qui se laissent vivre en voyant bien, tout autour d'eux, que ça va mal. Ils sont autant de rouages qui maintiennent cet état de fait.

— Tu n'es pas comme les autres, l'interrompit Joseph.

— Toi non plus, je ne crois pas. J'ai tout de suite eu le sentiment, le jour de l'appel, quand je t'ai vu, que tu pourrais te rebeller, toi aussi.

Joseph se mit à rire.

— Me rebeller ?

— Oui !

Nino reprit ce visage de l'enthousiasme enfantin, dans le sens non pas naïf mais sincère, pur, l'enthousiasme de qui ne craint pas d'être en colère, triste ou heureux, et se refuse de tout cœur à croire que ce qu'il imagine ne puisse pas être un petit peu, quelque part dans le monde ou ailleurs, véritable ou possible.

— Oui, te rebeller, affirma-t-il. Je me dis que chez les gens calmes, peut-être un peu timides, il y a toujours quelque chose qui peut exploser, et je crois que ce qui peut exploser est plus juste, plus beau chez eux que chez ceux qui s'évertuent à tout dire, à vivre tout haut pour que le monde remarque qu'ils existent.

— Tu as sans doute raison.

— En tout cas, toi, tu ne dis pas grand-chose.

Joseph haussa les épaules, sourit.

— Et qu'est-ce que tu fais, comme sculptures ?

— Oh, toute sorte de choses. Je travaille le bois, en général, et je préfère les petites pièces. Des personnages, souvent, ou des visages. Tu vois, si je pouvais retaper la maison abandonnée que j'ai montrée de loin, tout à l'heure, ce serait notre atelier. Ce serait bien.

— Tu voudrais les vendre, tes sculptures ?

— Je ne sais pas. Oui, juste assez pour vivre, si ça pouvait marcher. Mais pas trop, je ne veux pas en faire trop, ce serait bâclé, et ça n'aurait plus de sens. Je veux faire de l'art, pas des affaires.

— Je me demandais si, ou plutôt quand tu allais te mettre à parler de ça. Tu sais que Capelli t'appelle « le communiste » ?

— Capelli est un cancre. Je préfère qu'il m'appelle ainsi plutôt que d'être comme lui - il se mit à rire doucement. D'ailleurs, depuis cette maison, on arrive vite ici, et d'ici on voit bien le Mont-aux-Riches, et on s'y rend vite aussi par certains chemins. Je connais bien cet endroit. Ce serait pratique pour la révolution, pas vrai ?

Ils approchaient d'un tas de pierres entreposées et aperçurent un lézard juste avant qu'il se perde derrière la masse grisâtre et brûlante.

— Et toi, qu'est-ce que tu écris ?

— Toute sorte de choses aussi. Ce que je pense, des phrases qui me passent par la tête, et j'essaie de raconter, comme je peux, ce qui arrive en ce moment. Déformation professionnelle, sans doute.

— Tu es l'historien d'une époque bien étrange.

— Oui. C'est le début ou la fin de quelque chose, et sans doute est-ce à nous de choisir.

— Espérons qu'on choisira de ne plus tout mettre entre les mains de prétendus maîtres !

Il se tut un instant, prit une grande inspiration qui finit en un soupir, puis ajouta :

— Quand je pense que, sans les feux, on n'aurait pas même pu mettre les pieds dans la plupart des bois qu'on a traversés. La magie de la propriété... Crois-tu que l'on puisse parler de justice dans un monde où tout peut s'acheter et se vendre ?

Ils arrivaient à la fin de la boucle que Nino avait indiquée plus tôt en parcourant du doigt la carte dépliée sur le capot d'un des camions. Ils étaient restés une paire d'heures à surveiller la zone : le temps était venu de confier la ronde à un autre binôme resté auprès des camions. Devant eux, les véhicules apparurent sur la route où ils attendaient ; Joseph et Nino furent remplacés, puis rejoints par Maxence et Capelli, qui avaient également terminé leur surveillance. Les arbres couvraient d'ombre la voie déserte, fermée à la circulation, et ils déballèrent un carton pour y prendre les sandwichs préparés par des bénévoles qui les leur avaient apportés au camp, à l'aube.

— Il est à quoi ? demanda Capelli en mordant dans le sien, l'air de réfléchir en mâchant la première bouchée.

— Il y a des aubergines, des tomates, de la salade.

— Pas de viande ?

— Non, c'est Lola qui les a apportés.

— J'avais oublié que tu ne mangeais pas de viande, dit Capelli à Nino. Elle aurait pu mettre du thon, quelque chose du genre.

— Ça aurait été de la viande aussi.

— Oui, bon, ça se discute. Tu n'en manges pas non plus ?

— Rien qui ait eu des yeux et des sentiments.

Capelli le fixa plusieurs secondes, puis se libéra de cette idée. C'était souvent ainsi que cela se passait : quand venait l'heure de manger, on oubliait. Mais Nino n'avait pas la mémoire si courte – le jour où il avait croisé un convoi, camion métallique d'où scintillaient des dizaines d'yeux humides et affolés, des vies traitées en corps sans âme envoyées au massacre, avait été le jour où il avait fait la promesse de n'être plus jamais de ceux qui fermaient les yeux, regardaient ailleurs ou tâchaient de se convaincre qu'il y avait à ce perpétuel carnage un sens ou une raison le rendant acceptable. Il refusait de croire qu'il en allait ainsi de la vie, car il avait compris que c'était dans cette complaisance, dans cette résignation que résidait une bonne part des malheurs du monde. Dès lors, il n'avait plus mangé personne, et plus rien qui en émanât; c'était là une question de justice. Devenu adulte, il s'était rendu compte que cette discrimination-là les comprenait toutes, entremêlées, se renforçant entre elles. Il croqua une bouchée de son sandwich – il n'y avait là pas d'autre goût que celui de la nourriture.

Les quatre garçons mangèrent en silence et, le repas terminé, parlèrent de la ville. Au même moment, la petite Silvia admirait les collines depuis son jardin, à l'ombre des aubépines, songeant à son frère ; une des sœurs de Pollen discutait à l'agence immobilière avec un homme tout juste trop vieux pour être appelé – « Ce qui m'inquiète, disait-il, grimaçant, c'est que la maison est loin de tout... — Loin de tout ? elle s'étonnait. Mais elle est en plein centre. — Certes, mais Bas-les-Monts est si petite... Je viens de la capitale ; c'est le désert, ici, non ? » – ; la mère de Jules ressassait ses pensées en faisant la vaisselle dans son appartement silencieux; le chien de Maxence bâillait, il songeait à son ami, là-bas; Lola regardait l'heure en se languissant de l'illusoire fraîcheur de la nuit, s'asseyant dans l'atelier de la boulangerie pour se relever une seconde plus tard au bruit de la porte qui s'ouvrait, et y retourner, toujours y retourner, au travail.

Ils s'autorisaient à en discuter avec légèreté, sans songer au monde qu'on devait bien s'efforcer de faire tourner, quitte à se faire tourner soi-même en bourrique. Non, ils ne pensaient pas vraiment au souffle brûlant de l'effroi qui avait soudain pris le bourg entier à la gorge, alors qu'une nouvelle brume fumeuse se faisait une place au soleil, au-dessus de « la colline juste-là », disait-on en ville, car elle était très proche – ils n'y songeaient pas parce qu'ils en étaient à se demander ce qu'étaient devenus le vieux Jean et Ulysse, dont ils avaient appris la veille au camp le départ forcé, quand, tout à coup, la radio sonna. En sortit la voix troublée de Tommy : « Un gars a mis le feu, il disait. Un type en voiture s'est arrêté et a mis le feu ! » Derrière sa voix, les quatre garçons en entendaient d'autres, pareillement agitées, qui marmonnaient : « Je n'y crois pas, je n'y crois pas ! » – on percevait le bruit de leurs pas rapides et essoufflés sur le sol poussiéreux. « Tout au nord, on a vu un véhicule tout-terrain s'arrêter et là, un homme est descendu, il s'est accroupi, a regardé autour de lui et, d'un coup, on l'a vu allumer un feu ! On n'a rien pu faire, il a filé et on l'a perdu de vue... On a prévenu Montiel, il a alerté les autorités; il faut descendre les camions, tout de suite ! On est les plus proches du foyer... »

On savait que les feux avaient parfois des origines criminelles; les pyromanes se délectaient de la gloire paradoxale qu'ils croyaient tirer des journaux où leurs œuvres ardentes faisaient la une, trouvant là, en même temps, un peu plus d'intérêt à leur existence et un peu moins de solitude, peut-être. Quand de nouveaux brasiers naissaient tout près les uns des autres, presque simultanément, on se doutait qu'ils n'étaient pas le fruit d'une rencontre malheureuse entre la terre desséchée et le soleil avide mais le résultat de mains humaines; la troupe n'avait encore surpris aucun flagrant délit – à l'angoisse de ce nouveau front éclos sous leurs yeux s'ajouta la colère contre ceux qui s'évertuaient à leur compliquer la tâche, à leurs risques et périls. Joseph pensa : *Il y a toujours des gens pour nous rendre la vie impossible, littéralement.*

Les mobilisés se dépêchèrent de grimper dans les camions et descendirent en vitesse la pente jusqu'à la fumée qu'ils voyaient grandir; le feu toutefois fut plus rapide : lorsqu'ils arrivèrent, il avait commencé à se propager aux arbres, qui flambèrent les uns après les autres, comme des allumettes géantes plantées dans le sol. Dès lors, on dut faire place aux gestes du front : surveiller, dérouler les lances, vider les citernes, concentrer son attention sur les dangers possibles, sur les réserves d'eau et sur les flammes, se frayer un chemin, guider les camions, se perdre un instant dans la fumée, ouïr au loin le tonnerre des avions, crier des ordres ou les entendre crier, veiller – combattre, jusqu'au crépuscule et au-delà.

Et quand la nuit tomba, aucun des gars ne dormit, ni le lendemain ni le surlendemain. Trois jours plus tard, le feu avançait toujours : même le camp n'était plus à l'abri. La troupe, qui s'était installée à mi-hauteur de la colline est, dut la quitter en hâte; ils plièrent bagage, rangèrent les tentes et embarquèrent dans les camions, n'ayant compris qu'une demi-heure plus tôt que la lumière sur le camp n'était pas celle dorée de la fin d'après-midi, qui rend photogénique – Jules, en particulier, l'avait remarquée –, mais les lueurs des flammes qui approchaient.

Ils arrivèrent en ville en soirée pour prendre d'assaut l'église ; le bourg revêtit ses habits de siège, vieux de plusieurs décennies, en voyant venir les soldats, encore coincés dans l'uniforme, déçus de ce retour sans victoire qui ne témoignait que trop de la situation : Bas-les-Monts était le dernier rempart avant le front. Bientôt, toute la ville eut sur les lèvres le goût âpre d'une question : *Jusqu'à quand tiendra-t-on ?*

# III

Deux semaines s'étaient écoulées depuis que l'on avait vu le pyromane, et il courait toujours; une dizaine de jours depuis que l'église de Bas-les-Monts était devenue le quartier général de Montiel, de sa vingtaine d'hommes et de leurs trois camions. On regardait tantôt le ballet inquiétant des mobilisés, tantôt l'horizon des collines, scène d'un chaos menaçant et qui, la nuit, faisait virer orange tout le relief invisible.

Ces derniers temps avaient été les plus intenses depuis la mobilisation; les camarades de Joseph et Nino avaient échappé de justesse à plusieurs accidents. La ville ne vivait plus qu'à l'heure du feu, et son quotidien était tout entier rythmé par les allées et venues de ses garçons, qu'elle regardait rentrer du front, exténués, à bout de souffle, silhouettes de suie marchant au pas jusqu'aux lits de camp ou jusqu'au premier banc sur leur chemin pour se reposer quelques heures - elle-même était exaspérée : c'étaient ses enfants, et ils n'en pouvaient plus. À croire que le pyromane avait su où mettre le feu pour qu'il soit le plus impitoyable, le plus endurant possible.

À leur arrivée en ville, il y avait eu la joie, d'abord : les gars étaient rentrés chez eux, avaient retrouvé leurs proches, les avaient enlacés. Mais ensuite, il avait fallu retourner à l'église qu'ils occuperaient tant qu'un camp dans la nature serait trop dangereux : ils n'en sortaient plus que pour aller au front – l'escouade y restait même pendant les pauses, car les départs étaient souvent impromptus. Ainsi, pas un ne pensa à coucher ailleurs que sur son lit de camp, auprès de ses camarades, même ceux qui habitaient à trois pas de là ; ils ne dormaient de toute façon que très peu, comme pour maintenir l'illusion qu'ils avaient encore la force des corps reposés. On était début août et il était toujours aussi difficile d'accorder des permissions. Le plus souvent, quand quelqu'un avait le droit de se dérober au front, ce n'était que pour un jour : trois ou quatre arrachèrent la précieuse autorisation. Le visage du Moineau, depuis le repli, avait pris un air à mi-chemin entre la colère et la résignation. Joseph avait cru comprendre qu'il était marié mais il n'en était pas certain ; il avait trouvé plus taiseux que lui, bien que le Moineau ne semblât pas l'être par timidité.

— Tu pourrais demander une permission. Montiel accepterait sans doute, lui répétait Maxence.

Lui-même avait pu profiter d'une journée auprès de sa petite amie, qui habitait dans la métropole de la région, comme Joseph.

Alors l'aîné secouait la tête, fixant le sol.

— Non. Vaut mieux pas. Si je pars, je ne reviendrai pas.

Puis il ressortait de sa poche la photo que personne n'avait encore vue, reprenant son observation passionnée et muette

– inutile alors de tenter de l'en sortir, il ne reviendrait au monde présent que lorsqu'il entendrait la voix impérative de Montiel.

L'appel avait dévoilé les visages : on avait vu des timides se découvrir une force égale à la confiance que des prétentieux avaient perdue. Parfois, au contraire, la mobilisation avait exalté les caractères, alors les introvertis, les épaules rentrées, avaient encore rapetissé, et les orgueilleux étaient apparus ravis de légitimer leur gloire au combat ; de nombreux autres, toutefois, n'étaient d'aucun de ces deux groupes, à l'image de Pollen ou Maxence, qui attendaient simplement que les choses se terminent. La ville ne demandait que cela, que cela finisse, on se mettait à haïr le soleil comme s'il était le responsable de tous les maux – la chaleur, qui s'insinuait par le moindre interstice, frappait les corps moites, la terre desséchée qui n'avait besoin que d'une étincelle, le monde à sec sous un ciel qu'on maudissait – ; et même développait-on depuis des semaines une aversion pour la période estivale que l'on qualifia bientôt de « saison des incendies ». Malgré le nombre d'hommes mobilisés, il manquait toujours du matériel : les pays voisins avaient promis d'en prêter avant de reporter leur livraison, d'avions notamment, car chez eux aussi la saison ravageait des milliers d'hectares. Les gars étaient sur le front depuis deux mois et la ligne de feu n'était plus qu'à une quinzaine de kilomètres ; Bas-les-Monts, chanceuse dans son malheur, sentait depuis une semaine le vent mollir ou souffler pour éloigner le feu.

Si le moral jusque-là tenait bon, l'installation des soldats en ville promettait de devenir rapidement un fardeau pour les habitants, qui se rendaient compte que lorsque les hommes partiraient, ce serait sans doute qu'eux aussi devraient laisser derrière eux leurs maisons en proie aux flammes. Mais on n'en était pas encore là, pas tout à fait; on préférait y penser le moins possible et compter les jours jusqu'à septembre, mois que l'on espérait être celui de la libération.

Il faut dire que, s'il était demeuré un reste d'insouciance à la ville, il avait été ébranlé par l'arrivée des problèmes d'eau courante et pour de bon enterré à la réquisition de certains véhicules de civils ainsi que du temps de bon nombre d'entre eux. Tracteurs et camions avaient été envoyés sur le front ou s'apprêtaient à l'être, pour retourner les terres afin de créer des coupe-feux, ou pour transporter des citernes, cependant que les habitants du bourg et des alentours se rendaient de plus en plus souvent sur le terrain pour éteindre, à l'aide de modestes tuyaux d'arrosage, les morceaux de terre d'où la fumée sourdait encore, menaçante.

Mais c'était dans le quartier qui entourait l'église que l'atmosphère était la plus étrange, à voir sans cesse passer des hommes en uniforme, partir en trombe des camions, se reposer des soldats gradés à côté de garçons qui avaient vingt ans depuis la veille. Ces derniers, le visage en sueur, n'avaient presque plus le courage de retirer leur veste avant de s'allonger sur un lit de camp; ils mangeaient un fruit ou vidaient à la cuillère une boîte de conserve, debout, appuyés au mur de l'église ou auprès des cierges – la ville était devenue un camp et ils ne la voyaient dès lors plus comme l'endroit où, pour beaucoup, ils avaient grandi.

Après quinze jours et presque autant de nuits, la troupe, rongée par la fatigue jusqu'à la moelle, eut enfin droit à une soirée complète de répit – Maxence avait intercédé auprès de Montiel, arguant que s'ils ne bénéficiaient pas d'une vraie pause, ils ne feraient bientôt plus rien de bon, que cela serait à leurs risques et périls. Le sergent, sans l'avouer toutefois, savait que c'était aussi son cas. Une autre troupe fut affectée à la surveillance du front et ils revinrent tous en ville.

Le soleil déclinant projetait les larges ombres des maisons sur les ruelles pavées que faisaient trembler les camions jusqu'à l'église. Les dernières boutiques fermaient, les terrasses des bars et restaurants commençaient à s'animer ; l'ambiance était particulière, partagée entre chaos et joie éphémère, et les rues, qui jusque-là semblaient vides, privées d'un bon nombre de leurs hommes, parurent trop pleines, trop pleines d'uniformes épuisés qui passaient en coup de vent, ramenant l'angoisse du front. Dans l'église, une odeur de nourriture stagnait du bout de la nef à l'autel ; des bénévoles avaient préparé un repas – le bruit des tickets de rationnement avait couru sous les toits mais aucune annonce officielle n'avait encore été prononcée – et toute la troupe prit place autour des longues tables installées sur le parvis, faites de tréteaux et de planches. Pendant quelques heures, les gars se retrouvèrent au milieu du monde, entourés des bénévoles et de ceux qui rejoignaient là un fils, un frère ou un mari. On ne vit cependant pas de toute la soirée le sergent qui était rentré chez lui pour sa première nuit loin du front, auprès de son épouse et de ses deux filles. D'une maison non loin de l'église, deux jeunes femmes arrivèrent, blondes comme Pollen ; c'étaient ses sœurs et, plus loin, suivaient ses parents, en retrait – en les voyant venir, on reconnut les Laurent, la famille d'agents immobiliers. Les deux sœurs firent signe au garçon, allèrent droit sur lui, se pendirent à son cou puis disparurent au bout d'une des tables où l'on vit Pollen s'exprimer tout en gestes et en bruits de bouche. Peu de temps après, Jules s'éclipsa : sa mère était accourue et, habitué à être seul avec elle, il avait préféré rentrer chez lui pour des retrouvailles plus tranquilles, pudiques. Puis Capelli disparut lui aussi : les autres avaient terminé de manger, s'étaient levés de table et discutaient près de l'imposant chêne sur l'esplanade quand, soudain, ils s'étaient aperçus qu'il n'était plus là – manifestement, aucun membre de sa famille n'avait fait le déplacement depuis le Mont-aux-Riches et il avait dû chercher du réconfort ailleurs.

La présence des soldats relevés pour la soirée avait rameuté une partie de la ville aux abords de l'église, et le parvis avait bientôt débordé de proches heureux comme de curieux. Sur les tables, les plats diffusaient leur odeur de sauce et de petits légumes que des bénévoles avaient préparés l'après-midi même ; on savait que la troupe aurait un répit ce soir-là, mais on ignorait à quelle heure elle arriverait précisément. Quand les camions avaient parcouru les premières rues, la nouvelle s'était répandue d'un bout à l'autre du bourg, jusqu'aux oreilles qui traînaient dans la petite rue pavée de Nino : dans ce même quartier, près d'un haut érable, il y avait un bar, la boulangerie, ainsi qu'une épicerie dans un bâtiment de trois étages d'où l'on voyait, par l'étroite fenêtre du grenier, s'étendre la forêt immobile. À l'annonce de l'arrivée des gars, la terrasse du bar, envahie de quinquagénaires sous les parasols, s'était vidée ; le gérant, qu'on appelait « le Patron », avait aussitôt autorisé la serveuse à s'en aller elle aussi pour retrouver son cousin mobilisé. Une seconde plus tard, il avait décidé de fermer exceptionnellement son établissement pour se rendre à l'église – on venait à pied de tous les côtés, le curé n'avait plus connu autant d'animation parmi ses ouailles depuis bien longtemps.

Astrid et Silvia arrivèrent elles aussi et, comme l'avaient fait Pollen et sa famille, Nino et elles s'éloignèrent pour discuter ; Joseph entendait seulement la petite voix de Silvia qui ne cessait de demander : « Quand est-ce que tu rentres ? » Lui n'attendait personne. Ses proches habitaient la métropole, à une centaine de kilomètres, et ses parents avaient vieilli très jeunes : après des années à travailler en indépendants, ils avaient fini par vendre la maison familiale pour acheter un petit appartement à la mer, limitant depuis leurs sorties à une marche quotidienne d'une heure sur la plage grise. Joseph les voyait rarement : il les aimait mais rechignait à leur écrire, sans s'expliquer pourquoi. Au milieu de ce doux vacarme des familles réunies, il lui vint l'envie de sortir son carnet et de se terrer dans un recoin de l'église où on ne l'interromprait pas – il projetait de décrire l'ambiance de cette soirée au milieu du bourg, comme déterminé à trouver un reste de bonne humeur. Cependant ses pas jusqu'à l'entrée du bâtiment furent vite arrêtés : d'abord il manqua de renverser Jules, qui revenait tout juste, l'air absent et les yeux embués, et ne sembla pas l'apercevoir, puis Tommy le saisit par les épaules pour l'emmener de force là où les autres se rasseyaient. Il le suivit sans protester, sentant que sa tentative de fuite serait vaine.

Tout autour des tréteaux, une petite foule s'était amassée qui aggravait la chaleur persistante, et quelqu'un se chargea de remplir pour tous des verres d'eau fraîche ; Joseph entoura le sien des deux mains puis il les posa, glacées, dégoulinantes, sur sa nuque. Derrière lui, le Patron arrivait : il regarda tour à tour les garçons, puis s'installa à une table ; sa présence en attira d'autres et bientôt l'escouade se sentit assaillie de questions.

— Alors, qu'est-ce que ça dit, les gars ? On va tous cramer ? demanda un homme.

Une dame en robe rouge le regarda de travers et il fallut un peu de temps avant que quelqu'un se décide à répondre, pour être tout de suite interrompu par la voix grave du Patron qui se mit à parler, le dos légèrement courbé, un verre dans une main, l'autre devant lui, droite et donnant de petits à-coups dans l'air :

— Quoi, qu'est-ce que ça dit ? Ça dit que ça craint, tiens, que veux-tu. Après le calme, la tempête ! Les pauvres gars sont crevés, tu le vois bien. Et, savez, ajouta-t-il après avoir bu trois longues gorgées, mon frère, il est des vôtres. Pompier volontaire depuis vingt ans. Oh, je sais bien, ce n'est pas pareil que d'avoir vingt ans et de se retrouver de force sur le front, mais n'empêche que ce n'est facile pour personne, là-bas. Peut bien croire ce qu'on veut, moi, mon frère, il m'a bien dit, ils n'ont pas l'habitude de ça. Ce n'est pas pour rien que le Président a donné l'ordre de mobiliser, hein. On n'a pas idée, des feux pareils, par ici… Il y a un truc qui ne tourne pas rond, c'est tout.

— Hé, Patron, tu m'as l'air bien en colère, dis, grommela celui qui avait posé la question.

— Et comment, que je suis en colère, encore heureux que je n'aie pas d'enfants ! Je les plains, les pauvres gosses, vu la tête du monde. Ah, je vous jure… Regardez-les. Ils s'épuisent au front ; nous, on s'épuise au travail, tout le monde s'épuise ;

enfin, tout le monde, on se comprend... Je ne veux pas vous désespérer, hein, les gars, et puis merci pour ce que vous faites, mais nos jeunes, la plupart, ils vont s'épuiser toute leur vie : là, ce sont les feux, puis ce sera le travail. Pour gagner leur vie, comme on dit, leur pain quotidien, et en réalité, vous savez pour quoi ils se seront épuisés ? Pour l'argent. Et pour que les riches, eh bien, ils soient encore plus riches.

— Tu es philosophe, ce soir.

Le Patron se tut un instant; d'autres gens en profitèrent pour poser des questions à leur tour – Maxence fut tacitement désigné pour y répondre au nom du groupe.

— Le plus dur, au-delà de la chaleur, je crois que c'est le fait d'être toujours incertain, de se dire qu'à n'importe quel moment le feu peut reprendre de plus belle, que rien n'est jamais vraiment acquis. Sur la première zone où on a été envoyés, c'était comme ça : au bout de trois jours, on a eu l'impression que ça se calmait, et deux semaines plus tard ça a recommencé à flamber, plus fort encore.

— Et quand on est dans les camions, crevés, ajouta Tommy, et qu'on voit tout ce qui a brûlé, des kilomètres de terre noire... C'est comme une impression d'avoir échoué.

Jules, discrètement, avait ressorti le caméscope qu'il tenait dans son poing et filmait la scène, bien que Joseph se demandât s'il comprenait quelque chose à la discussion, tant il avait l'air ailleurs, perturbé depuis qu'ils s'étaient bousculés par inadvertance. Il le fixa un temps puis détourna les yeux, pour ne pas croiser son regard morne – un événement, pour sûr, s'était produit, qui faisait paraître le benjamin de l'escouade plus jeune encore, pas même majeur. Mais Jules s'efforçait de filmer tout de même, alternant les plans sur les branches du chêne de la petite place, plus vieux que le Seigneur, avec en fond le ciel toujours fumant, et ceux sur les visages ou les mains des soldats qui parlaient. Il fit ensuite glisser l'objectif vers la femme en robe rouge, qui avait avancé sa chaise vers eux et qui prit la parole, hésitante, dès qu'un blanc le lui permit :

— J'ai deux fils de votre âge. L'un a été mobilisé et l'autre non, à cause d'un accident qu'il a eu et qui le fait boiter. Il culpabilise parce que c'est son petit frère qui est parti – elle marqua une brève pause avant de poursuivre : Antoine Lulliez, ça ne vous dit rien ? J'ai envoyé une lettre mais, depuis qu'il est parti, aucune nouvelle. Je sais juste qu'il était dans la zone ouest, au début.

— À quoi il ressemble ?

— Il n'est pas très grand mais plutôt costaud, un peu comme vous, dit-elle à l'intention de Maxence. Des cheveux noirs, très noirs, et puis des yeux très bleus.

Elle guetta autour d'elle les réactions sur les visages des garçons, mais personne ne semblait l'avoir croisé lors des actions où plusieurs troupes étaient mêlées.

— S'il était arrivé quoi que ce soit de grave, on en aurait entendu parler, c'est certain, dit Tommy.

Elle acquiesça, les lèvres pincées.

— Son frère s'en veut beaucoup, vous savez. J'ai beau lui répéter qu'il n'y est pour rien, que c'est cet accident... S'il devait arriver quelque chose à Antoine, il ne s'en remettrait pas.

— Combien de gens ont été mobilisés ? demanda un homme. Qui n'étaient pas soldats avant, je veux dire.

— Est-ce qu'ils l'ont dit ?

— Je ne sais plus, non, je n'ai pas l'impression.

— Ils préfèrent rester vagues, il faut croire, et puis les chiffres des journalistes ne sont jamais deux fois les mêmes.

— En tout cas, la ville paraît bien vide, vous ne trouvez pas ?

Plusieurs hochèrent la tête, vivement, confirmèrent avec un certain aplomb.

— Ah ! ça oui, vraiment, vide et triste.

— Et il y a des filles qui se sont engagées aussi, reprit un homme assez âgé, dont le visage était tout froissé de rides et de soleil.

— Oui, la petite des Carpentier est partie, s'exclama une dame non loin de Joseph. Vous savez, ces gens qui ont les chambres d'hôtes, rue des Prieurés.

— Qui ça, Alice ?

— Non, pas Alice, sa sœur. Comment elle s'appelle...

— Ah oui, je me disais bien !

— Margaux.

— Margaux, c'est ça !

— Non, la petite des Carpentier, partie ? Menue comme elle est ?

La dame acquiesça.

— Oh, c'est une dure, vous savez, pas comme sa sœur, ajouta-t-elle. Elle est solide, Margaux. Je la connais, elle vient parfois aider à la ferme. On peut tout lui demander, à cette petite. Je ne sais pas dans quelle zone elle est tombée jusqu'ici, mais je suis sûre d'une chose : à elle toute seule, elle vaut bien trois gars, là-bas, avec son caractère.

Elle éclata d'un rire sonore.

— Ça, oui, reprit-elle. Je parie que, quand ce sera terminé, le Président lui rendra les honneurs !

La conversation en resta là ; Capelli revenait, il approcha

de la petite place et attira les regards – on disait : « Vous avez vu, c'est le fils Capelli. » Il avait sur le visage un air encore plus satisfait qu'habituellement, mais qui ne parvenait pas pour autant à cacher une certaine contrariété, concentrée dans son œil droit, dont la paupière tremblait par moments. Il avait depuis longtemps perdu cette motivation qui lui était venue subitement sur le front, en entendant battre sous son crâne la voix de son père lui disant ce mot, *te dégourdir*, mais il faisait son possible pour avoir l'air inébranlable, trottinant pour rejoindre ses camarades. On lui trouva une chaise à l'intérieur et il s'installa avec les autres, discutant même avec eux. Maxence, qui bricolait toujours avec son briquet, résistant de son mieux à l'haleine de fumeuse de la femme en rouge et à l'homme à côté de lui qui lui proposa par trois fois une cigarette, se pencha vers Joseph :

— Qu'est-ce qui lui arrive, à celui-là ? marmonna-t-il en désignant Capelli d'un coup de menton. On ne l'a jamais vu aussi agréable.

Tous les deux l'observèrent un instant. Capelli riait avec un homme assez ivre ; quand des volontaires, dont la serveuse, rapportèrent de nouvelles bouteilles des glacières – la nuit était là depuis quelques heures mais le thermomètre affichait à peine un peu moins de trente degrés –, il sortit de sa poche un billet qu'il donna à la jeune femme, en lui faisant un clin d'œil, rétorquant à son refus que ça compenserait les pourboires qu'elle n'aurait pas ce soir-là au bar.

— Je ne sais pas ce qu'il prépare, dit Maxence, mais il n'est pas net.

Joseph hocha la tête, fixa Capelli encore un temps, mais Nino revenait à son tour, suivi de Silvia et Astrid.

— Encore debout à cette heure-ci, mademoiselle ? Il n'y a pas école, demain ? demanda le type ivre à Silvia et aussitôt il se donna une tape sur le front : Que je suis sot, on est en août.

— Nino, il dit que si je ne veux pas aller à l'école, je n'ai qu'à ne pas y aller, dit la petite fille, timide - on dut tendre l'oreille pour l'entendre. Parce que si on obéit trop, après, on devient tout idiot.

La tablée entière se mit à rire.

— Bah ! elle n'a pas tort, admit le Patron.

Un bref silence suivit avant qu'une dame, à demi-mot, évoque la peur du front qui approchait :

— Tout de même, ça avance jusque chez nous...

— Ce serait bien étonnant qu'on ne nous demande pas d'évacuer d'ici peu, à nous aussi, ajouta une autre, en se penchant vers la table comme si elle faisait une confidence.

— Je ne vois pas comment on y échapperait. À moins d'un miracle !

— Je ne partirai pas, asséna un homme dont les joues, très rouges, tiraient sur le violet.

Les regards se tournèrent vers lui, si bien qu'il reprit la parole, le ton plus assuré encore :

— Non, je ne partirai pas. Vous savez combien de temps j'ai travaillé pour avoir ma maison ? Hors de question que je m'en aille. Quand le feu sera dans le jardin, alors je ne jouerai pas les idiots. Mais pas plus tôt que ça.

— Vous pensez que c'est pour bientôt ? l'interrompit une femme qui se tourna vers Tommy. Je suis certaine qu'on devra partir.

— Difficile à dire, madame. Ça peut aller très vite, c'est certain, mais de là à savoir à l'avance à quel moment, peut-être, les choses auront tant dégénéré que Bas-les-Monts sera évacuée...

— Et si, comme le monsieur disait, murmura-t-elle, on décide de rester le plus longtemps possible chez soi, comment est-ce qu'on saura quand ce sera le moment de partir, je veux dire, de partir absolument ?

— La police passera, peut-être ? J'ai entendu à la radio le témoignage d'un maire qui a vérifié chaque maison de sa commune avant de quitter les lieux, raconta un autre.

Tommy se retourna pour répondre :

— Disons que, quand ce sera tout orange à votre fenêtre, il y aura des chances pour que le moment soit venu. Mais s'il fait tout gris dans votre maison, et que ça commence à devenir orange sur vos murs, là, ce sera sans doute que vous aurez attendu trop longtemps.

L'homme au bord de l'ivresse se mit à rire bruyamment ; la femme eut sur le visage une étrange expression, comme si elle ne savait pas bien si elle était vexée ou si elle avait un peu envie de rire à son tour, d'un de ces rires nerveux qui nous prennent parfois aux moments les plus graves.

La nuit avançait – Silvia somnolait sur les genoux d'Astrid, qui se décida à partir ; chacun fit de même et rentra chez soi. Dès lors le sommeil vint pour de bon aux yeux des garçons, qui en avaient assez désormais de cette journée bien longue et se languissaient du peu de temps qu'il leur restait pour se reposer jusqu'au lendemain. En quelques minutes, la place de l'église se vida, on rangea les chaises – tout redevint calme. Les pigeons dans le chêne s'ébrouèrent une dernière fois et, débarrassés du bruit humain, purent à leur tour rêver.

Dans l'église, le silence reprit vite ses droits sur les hommes ; Nino, en une seconde, sombra dans le sommeil, on entendit les ronflements orageux de Pollen bientôt accompagnés des sifflements vains du Moineau, et la nuit, qu'on craignait comme la peste sur le front et qu'on attendait avec hâte quand le repos était permis, passa en un instant pour nombre de mobilisés.

Pour Joseph, en revanche, elle eut une saveur étrange, âpre, et une consistance pâteuse. Il eut l'impression que son cerveau s'était soudain déshabitué de l'odeur de fumée, la rejetant, l'exécrant, jusqu'à l'empêcher de dormir. Il n'était pas même somnolent, pourtant il n'eut pas la moindre envie d'écrire – tout à coup, tout le rebutait et il resta les yeux grands ouverts à fixer le plafond voûté de l'église. Longtemps, des acouphènes se lamentèrent dans ses oreilles, lui sifflant combien il faisait chaud, combien il transpirait, combien l'odeur de fumée emplissait ses poumons et ses narines, jusqu'à l'étouffement. Il se sentit englouti par une angoisse qui lui rappelait sa peur du noir, quand il était enfant et croyait voir dans sa chambre des corps invisibles, qui le guettaient pendant la nuit.

Finalement, il décida de se lever pour n'être pas aspiré pour de bon par sa vieille inquiétude. Il marcha en silence le long des lits de camp et se dirigea vers les toilettes, mais il n'y avait qu'un W-C à l'intérieur de l'église et il était fermé à clef. Joseph attendit un moment mais on ne sortait pas, aussi essaya-t-il de trouver le lit vide : c'était celui de Jules – il se rapprocha du W-C et entendit renifler à travers la porte.

— Jules ? Jules, qu'est-ce qui se passe ?

Le silence soudain témoigna de la surprise du benjamin d'avoir été démasqué.

— Jules...

— Joseph, c'est toi ?

— Oui. Qu'est-ce qu'il y a ?

— Rien, ne t'en fais pas. Ça passera.

— J'ai bien vu tout à l'heure que tu étais bouleversé. Je n'arrive pas à dormir non plus, tu n'as pas envie de discuter ?

Ce ne fut que deux heures plus tard que Joseph plongea comme une masse dans le sommeil, tandis que Jules s'était enfin arraché à ses sanglots. Ils dormirent la tête lourde de songes jusqu'aux aurores et furent réveillés autant par les premiers bruits du jour, par la lueur rougeâtre que les vitraux répandaient dans l'église, que par la sueur accumulée dans le sommeil, qui laissait sur leur peau comme un fin voile collant. Jules avait retrouvé un peu d'aplomb mais Joseph, quand ils furent tous réunis pour manger en vitesse avant de partir, n'entendit que de très loin les blagues de Tommy, déjà en verve. Une image lui restait sous le crâne, comme une énigme dont il aurait ignoré les détails, la solution et l'ampleur.

Jules, pendant leur nuit presque blanche, n'avait pas tu sa peine au nom de quelque fierté : il avait longuement parlé, soulagé que quelqu'un insiste pour qu'il livre ce qu'il avait sur le cœur. Il lui avait raconté son enfance avec sa mère divorcée, les compagnons successifs qu'il avait parfois détestés, parfois tolérés et, pour l'un d'entre eux, vraiment apprécié.

C'était un ouvrier qu'elle avait rencontré à l'épicerie - John, il s'appelait. Ça n'avait pas duré longtemps entre eux mais ce fut une période heureuse ; Jules avait dit : « Je ne me suis jamais senti aussi libre d'être un enfant que lorsqu'il était avec nous. » Sauf que les choses s'étaient gâtées : John avait perdu son travail, il avait mis des mois à en retrouver un, qui ne lui correspondait pas – trop froid, trop dur, trop macabre. Ce nouveau poste le changea profondément : il devint bientôt froid, dur et macabre à son tour. Il finit par se couper de la vie de famille qu'ils avaient à trois reconstituée, les abandonnant presque du jour au lendemain – ce furent les prémices de sa rupture complète avec le monde. Il ne le disait jamais volontiers mais son lieu de travail, c'était Saint-Marc, les abattoirs. « On peut leur donner beaucoup de noms, sauf celui de lieu de travail, disait la mère de Jules, à moins d'accepter que ces travailleurs-là ne puissent jamais rester sains de corps et d'esprit. » Puis, un jour, John avait démissionné.

Jules avait cinq ou six ans quand il l'avait connu. Les années avaient passé sans qu'il sache ce qu'était devenu John. Le garçon le croisait parfois, lui donnait une pièce ; il ne le reconnaissait pas, accroupi sur un trottoir du quartier des arcades, en guenilles, la barbe saillante ; ce fut seulement ce soir-là, en voyant les yeux tristes de sa mère à qui il avait demandé ce qu'il se passait, qu'il avait appris que le sans-abri retrouvé noyé dans Bas-les-Monts s'appelait John.

Et Joseph pensait, sans savoir que penser. Le monde lui paraissait petit, enserré dans des liens dont la plupart des gens ne semblaient pas avoir conscience – des liens qui étaient autant de pièges.

*

Bas-les-Monts contemplait, inquiète, les collines couronnées d'un halo de fumée gravissant le ciel de ses doigts griffus, comme pour le faire tomber ici-bas. Elle comptait les kilomètres qui la séparaient du front : il n'y en avait plus qu'une dizaine.

Dans le parc, au centre de la ville, le vieux Jean se promenait avec Ulysse dans un silence mélancolique ; des gens passaient en s'éventant, toute pudeur abolie, se moquant des immenses taches humides qui s'étalaient dans leur dos, sur les chemises bleu ciel et les tee-shirts gris ; plus loin, un enfant courait derrière des pigeons qui s'envolaient, apeurés, impatients de voir arriver l'homme qui leur donnait du pain, qu'on appelait « l'homme aux pigeons » ; on entendait quelques rires qui finissaient en soupirs ; et une fille, les cheveux en chignon, marchait rapidement. Elle revenait de la maison de retraite, tout près de l'église, où elle avait été de garde une partie de la nuit – elle y martelait à longueur de jour, depuis des semaines, des « Vous avez assez bu, monsieur ? », « Allez, madame Martel, buvez un peu, c'est pour votre bien » – et prenait la direction de la ruelle pavée où habitait Nino : c'était Lola. Elle était infirmière et, à la boulangerie, ne travaillait que de temps en temps, pour seconder son père ; elle avait hésité à s'engager sur le front, pour aider les soldats blessés, mais on lui avait dit qu'elle serait plus utile auprès des personnes âgées, car le personnel manquait. Elle s'était alors assurée du ravitaillement des mobilisés, détestant l'idée de se sentir impuissante dans cette guerre. Elle avait le visage fermé depuis que la troupe s'était installée dans l'église ; elle n'avait pas encore eu le temps de voir Nino, elle l'avait juste aperçu une minute au milieu d'une foule de visages. Elle s'engagea dans sa rue et frappa à la porte d'Astrid au lieu de rentrer chez elle. L'institutrice lui ouvrit et la jeune femme rejoignit à l'étage Silvia, qui dessinait sur le petit bureau dans sa chambre, fenêtre ouverte sur le ciel gris que sillonnaient les avions.

— Alors, lui demanda Lola, tu as fait ce que je t'avais demandé ?

La petite fille acquiesça et, d'un tiroir, sortit un vieux plumier en bois qu'elle ouvrit délicatement : il contenait des dizaines de lettres, des *l*, des *s*, des *u*, des *m*, des *i*, découpées dans les gros titres des journaux.

Lola lui caressa les cheveux.

— C'est parfait. Maintenant, on va pouvoir coller tout ça.

Lola prit les lettres, elle trembla légèrement en les alignant sur le papier et les colla délicatement. Par la fenêtre on voyait s'étaler les collines au-delà de la ville, qui fumaient à en disparaître sous le brouillard et sentaient jusqu'au littoral ; le Mont-aux-Riches était menacé à son tour - le feu s'approchait dangereusement et les habitants l'avaient fui, regagnant leurs résidences principales, à l'abri. Toute une section s'acharnait en lisière de bois pour sauver les maisons qui s'élevaient là-bas sur plusieurs étages, arrosant des hectares de terrain. Lola regardait cet horizon doré et ne mit que davantage de cœur à l'ouvrage, à l'instar des gars invisibles qui couraient au loin les collines, lesquelles brillaient dans ses yeux comme de petites étoiles dont on aperçoit la lumière, oubliant qu'elles sont déjà mortes.

L'idée lui trottait dans la tête depuis un moment et, sans être certaine que ce ne fût pas ridicule, elle s'était lancée, elle fabriquait ses petits papiers de colère, aidée par Silvia - Nino parti, Lola avait pris le relais auprès de l'enfant qu'elle-même, fille unique, considérait comme une petite sœur. Les mots peuvent-ils changer quelque chose ? La jeune femme l'espérait.

Elle pensait à Nino, à tous les jeunes gens mobilisés, ainsi qu'à celles et ceux qui se retrouvaient seuls dans une maison qu'ils devraient peut-être abandonner. Une évidence lui sauta aux yeux, à la face, comme une gifle : il fallait faire la part du feu. Elle ne savait pas si Nino avait le temps d'y réfléchir dans la frénésie de la première ligne, mais elle ne doutait pas en revanche qu'il la comprendrait. Avec ses papiers anonymes, elle disperserait un peu partout ses idées, ce serait sa façon à elle de se battre. Ce rôle de l'ombre lui plaisait, lui redonnait un peu de l'espoir qu'elle feignait toujours, devant les autres, de n'avoir pas perdu, se refusant de toutes ses forces à donner l'impression que la résignation avait droit de cité.

Pendant qu'elle songeait ainsi, assemblant les lettres avec Silvia, à cinq rues de là, les épais murs de pierre de l'église semblaient avoir abandonné la partie face à la chaleur. Il y faisait moins suffocant que dehors, mais une touffeur commençait à stagner, à force d'entrées et de sorties. Les soldats étaient tout juste revenus de deux jours et une nuit de lutte et ils se reposaient quelques heures. Il y avait là une once de pénombre offerte par les vitraux. L'église, comme déshabituée d'accueillir en son sein tant d'âmes, avait l'air débordée sous le désordre des lits, des tables où s'amoncelaient les provisions arrivant de toute la ville, étalées sous le regard mort du crucifix.

Joseph vidait une grande bouteille d'eau fraîche près des tréteaux quand Nino le rejoignit. Le curé, à qui l'on n'aurait su donner un âge, errait dans l'église, regardait en l'air comme s'il cherchait au plafond son seigneur – une goutte de sueur dévalait l'arrière de son crâne, un crâne rougeâtre, lisse et luisant. Il s'approcha d'eux.

— Quelle chaleur, mes enfants ! Je ne vous cache pas que j'ai l'impression de fondre comme neige au soleil. Enfin, ce n'est pas à vous que je dois dire cela... Vous êtes Joseph, n'est-ce pas ? Un prénom charmant. J'ai entendu le sergent vous appeler, l'autre jour, et, avec vos cheveux bouclés, je ne pouvais pas oublier votre visage, dit-il, puis il se tourna vers Nino : Et vous êtes...

— Nino.

— Nino, mais bien sûr, Nino. Ce n'est pas vous qui aviez un père ébéniste, par hasard ?

— C'est bien ça.

— Ah, voilà ! Il y a trois jours que j'y pense ; en vous croisant, j'avais l'impression que vous ne m'étiez pas inconnu, votre visage me rappelait quelqu'un sans que je sache qui et, maintenant que je vous observe de plus près, les souvenirs m'apparaissent plus nettement. Le fils de l'ébéniste, mais oui... J'ai bien connu votre père, vous savez, il m'en a fait voir de toutes les couleurs, à une époque ! Votre papa, jeune homme, n'était pas très enclin à écouter les cours de catéchisme que je lui donnais, quand il était petit garçon. Oh, eh bien, ça ne me rajeunit pas ! La malice dans vos yeux, je l'avais bien reconnue... Je préfère ne pas vous demander ce que vous pensez de la religion, dit-il en riant presque trop fort, et cela secouait ses épaules qui secouaient son trousseau de clefs qui résonnait dans l'église. Enfin soit, reprit-il. Le Seigneur ne vous en veut pas, mon petit, vous ne m'avez pas l'air d'être un mauvais garçon. Pas vrai ? Enfin soit, enfin soit... Amen. Je vous laisse. Allez en paix !

Il se remit à rire et, tandis qu'il s'éloignait, on l'entendait encore.

— Je crois bien que le soleil lui a un peu trop tapé sur la tête, souffla un homme assis tout à côté.

Il se racla la gorge. Il venait le matin à l'église apporter les provisions qu'il avait récoltées dans son quartier, puis restait une heure dans le coin cuisine improvisé près de l'entrée, où bourdonnaient des ventilateurs et où l'on distribuait à certaines heures de la journée des repas chauds ou froids aux soldats revenus du front. L'homme parlait, la voix basse : il avait lui aussi un fils là-bas – c'est ce qu'il disait, *là-bas* –, dont il ne cessait de vanter le courage dès que l'occasion se présentait.

Il replia bruyamment un journal.

— Vous le voulez ? leur proposa-t-il. C'est celui de ce matin. On n'y apprend pas grand-chose, mais enfin, c'est toujours ça de pris.

Nino le saisit et, avec Joseph, il s'assit dans un coin relativement frais de l'église, près de la chaire de vérité, là où avaient été entreposées les chaises sur lesquelles on priait autrefois quelque dieu d'avoir pitié. Nino parcourut le journal en lisant par moments à voix haute.

— « Jusqu'à quarante-cinq degrés dans le Sud mercredi... » Les résultats sportifs, ça t'intéresse ? Moi non plus. Tiens, il y a un nouveau musée militaire qui ouvre dans le quartier rouge... « La tombe la plus vieille du cimetière fête ses cent cinquante ans... », « Des agriculteurs en difficulté à cause de la sécheresse, des tas de récoltes perdues... »

Il s'arrêta, se redressa, lissa le journal et lut d'une voix plus audible :

— « … des centaines de morts à cause de la vague de chaleur qui sévit depuis plusieurs semaines sur le continent. Les conséquences sanitaires des canicules à répétition s'observent notamment dans les maisons de retraite, où l'on fait face à une surmortalité des personnes âgées. C'est toutefois l'ensemble des personnes plus fragiles qui souffre gravement de la hausse des températures et le bilan de cet été fera certainement état de nombreux décès précoces. Les travailleurs sont eux aussi susceptibles d'être victimes de ces fortes chaleurs, et certaines professions sont particulièrement vulnérables, par exemple dans le domaine de la construction. Des études démontrent par ailleurs que le risque de mourir en ville est près de vingt pour cent plus élevé dans les quartiers les moins arborés. »

Nino marqua une pause avant de replier le journal, pensif :

— Ça promet, marmonna-t-il.

Il n'eut pas le temps d'y penser plus longtemps : Montiel venait vers eux. S'ils crurent d'abord que l'heure de repartir au front avait sonné plus tôt que prévu, ils s'aperçurent ensuite que le curé, rougeaud, l'air contrarié, le suivait de près.

Montiel parla le premier :

— Messieurs, je vous ai annoncé tout à l'heure qu'une autre colline est menacée et que les habitations ont été évacuées ; il se trouve que monsieur le curé – celui-ci rougit davantage – vient de m'alerter à propos de la chapelle Sainte-Anne. L'accès en est naturellement interdit pour le moment, mais il y a apparemment un tableau, c'est ça ?

— Une icône orthodoxe, sergent, pour être plus précis.

— Bien, une icône d'une grande valeur, semble-t-il, qui se trouve dans la chapelle et qui est donc susceptible de brûler.

À ces mots, le curé blêmit - du front seulement, ses joues demeuraient pivoine -, regarda en l'air puis ferma une seconde les yeux.

— D'une valeur culturelle inestimable, sergent.

— Vous comprendrez, monsieur le curé, qu'on ne peut pas envoyer toute une troupe sur place, alors j'ai pensé - le curé l'interrompait en marmonnant, de temps à autre, « Juste ciel » - que ces deux jeunes gens pourraient se rendre à la chapelle Sainte-Anne...

— Dieu merci !

— Ils ont toute ma confiance ; je sais qu'ils seront prudents.

— Dieu vous bénisse, sergent ; je parlais justement avec eux il y a un instant. De braves garçons, pour sûr... Vous voyez, c'est une icône que l'on a depuis plusieurs siècles et qui est tout à fait liée à l'histoire de la ville et même de la région, et bien sûr à l'histoire de cette chapelle aussi. Ce serait un grand malheur de la perdre parce que c'est un pèlerin venu de...

— La chapelle est fermée, je présume, mon père ?

— Oui, oui, mais - il prit une clef dans son trousseau, comme au hasard - voilà la clef. Ah ! Seigneur, comme je suis soulagé...

Il soupira, yeux clos, main droite sur le cœur, comme si l'émotion l'avait privé de parole.

Montiel confia à Nino l'une des voitures tout-terrain garées sur le parvis de l'église et lui donna des consignes ; le curé avait repris son explication passionnée, se rendant à peine compte qu'on ne l'écoutait plus vraiment : le temps pressait.

Joseph et Nino s'éloignaient de la ville. La route qu'ils empruntaient sinuait sur la colline où de fervents promeneurs se rendaient toute l'année ; les deux amis furent soudain presque saisis d'un sentiment de vacances, quand on se laisse porter sur les routes au hasard de son humeur, ne pensant qu'aux paysages alentour. Il leur fallut une bonne heure pour arriver à la chapelle, qui se trouvait tout en haut ; ils ne perdirent pas de temps. À l'intérieur, ils trouvèrent l'icône, la décrochèrent aisément du mur, respirèrent l'odeur des dizaines de cierges à demi fondus déposés dans tous les recoins, puis ressortirent pour poser délicatement l'œuvre dans le coffre de la voiture. Nino allait se remettre au volant mais Joseph l'arrêta - c'était, des environs, le point culminant : le sommet était parfaitement lisse, comme une grosse tête dénudée par une tonsure d'où coulait une épaisse chevelure sur le front, la nuque et les oreilles.

— Regarde, lui dit Joseph.

On découvrait une vue à trois cent soixante degrés qui montrait tout, sans pudeur ni fausse modestie, des paysages magnifiques de la région, des reliefs ondulant gracieusement où prés, champs et bois dessinaient des mosaïques aux couleurs changeantes, à la merci des temps.

La chapelle surplombait les bourgs disséminés, notamment Bas-les-Monts dont on distinguait à peine les deux rives de chaque côté du fleuve, d'ici ruisseau. *Jules se serait régalé, avec ce décor*, pensa Joseph. En effet, le territoire paraissait immense, presque éternel, et l'homme, la ville, minuscules.

On aurait pu croire qu'aucune métropole n'existait, qu'aucune société humaine n'écrasait ce monde-là, que rien n'était réel en dehors de cette impression d'harmonie.

Mais, tournant le dos à la ville, laissant glisser leurs regards de l'autre côté de la colline, Joseph et Nino virent soudain un décor radicalement différent – cataclysmique. Sur des kilomètres, sans que la fin se laisse même deviner, un paysage noir, calciné ou brûlant s'étalait sur le monde comme une mer qui monte, inexorablement, sans que jamais la lune lui dise de reculer. Les terres semblaient volcaniques, prises par l'orange des feux à perte de vue, crachotant une fumée anthracite et dense, les bois rougissant comme si de la lave les dévalait, ou s'extirpait de leurs entrailles condamnées. Les yeux des garçons se plissèrent involontairement face à ce spectacle, comme si la vision de cette dévastation leur était insupportable mais que, dans le même temps, ils ne pouvaient regarder ailleurs – ils penchèrent toutefois la tête vers le ciel quand, d'un coup, des nuages cendrés sortirent les avions. Les bombardiers avaient le ventre vide : les pilotes exténués devaient retourner à la mer chercher de l'aide – les lacs de la région ne suffisaient plus à calmer l'ardeur des feux, si bien que les volatiles de métal s'abreuvaient au large.

*Braises-les-Monts* – Joseph avait ces mots sur le bout des lèvres lorsque le visage terrible de Nino, où il crut pour la première fois percevoir la peur, se tourna vers lui.

— Il est temps de redescendre, dit-il simplement.

*

Entre la ville et le front, il y avait, presque perdues, des maisons parsemées qui ne semblaient plus appartenir à Bas-les-Monts mais n'étaient pas encore à la campagne non plus. Trois jours plus tard – l'incendie n'avait pas embrasé la chapelle Sainte-Anne, pour l'instant –, les gars étaient là et, cette fois, ils avaient dos à eux une dizaine d'habitations que les flammes menaçaient, tout un quartier coupé du reste de la ville par six kilomètres et un court pont qui se courbait au-dessus d'une rivière vide.

Autour des camions et des soldats régnaient des cris et une agitation en tous sens ; plus loin au contraire, le silence triomphait, un de ces silences paradoxaux où demeurent en réalité des bruissements, des sifflements, quelque chahut du vivant, mais d'où s'est évaporé tout bruit humain, laissant une impression de vide et de plein qui se chamaille avec elle-même. Dans le quartier désert, par moments, une pie se posait qui regardait ce drôle de monde, puis s'en allait battre des ailes ailleurs, cherchant en vain un coin d'ombre où un air frais aurait lustré son plumage. De temps à autre, on entendait un rapace, faucon crécerelle ou épervier, qui jurait dans le ciel ; sa voix perçait l'atmosphère grisâtre comme un cri suffoqué demandant ce qui arrivait au monde.

Les jeunes hommes étaient dispersés et écoutaient de loin les consignes de Montiel, qu'ils devinaient à l'avance ; les trois camions luttaient depuis deux heures en lisière de bois quand un coup de vent emporta plus loin le brasier, le précipitant droit sur un jardin. Les flammes prirent d'abord les haies de charmes tout au fond, puis muèrent en feu de broussaille, rapide, traçant son chemin jusqu'à la balançoire en bois qu'il engloutit comme si elle n'était qu'une herbe à peine plus dure que les autres. Il poursuivit sa course en un rien de temps jusqu'à la terrasse ; des pots où grandissaient à leur aise plantes et arbres fruitiers se brisèrent en éclats orange qu'une fumée survoltée enveloppait d'ocre. Les gars arrosaient les murs de fond en comble, peinant à se convaincre que cette humidité ne serait pas anecdotique une fois le feu aventuré plus près ; les fenêtres à leur tour virent orange, la façade noircit et la maison sembla soudain toute petite. Les flammes, alors, comme encouragées par cette première proie qu'elles avalaient à vif, s'enroulèrent autour des arbres qui baignaient la maison d'ombre l'été et, de là, sautèrent sur le jardin d'à côté, carbonisant l'étendue d'herbe jusqu'à lécher les murs en attendant de croquer l'habitation tout entière selon un scénario identique, puis sautèrent sur la pelouse voisine. Les mobilisés avaient beau s'acharner, le feu s'acharnait de même, rebondissant ; ils peinaient à se rendre compte que ce n'était pas là l'effet de leur imagination mais le quartier qui, brique après brique, brûlait.

C'était bien l'œuvre du pyromane qui s'était étendue jusque-là. Ce furent, depuis la mobilisation, les heures durant lesquelles les soldats se sentirent les plus impuissants : devant eux s'allumait un foyer après l'autre, comme s'ils n'avaient rien tenté en amont pour les dévier, comme si leurs coups n'avaient été qu'une gifle feinte, aussitôt oubliée, qui ne laisse sur la joue pas la moindre trace. Les garçons évoluaient avec leurs lances devant eux comme des boucliers de fortune et Nino fit soudain signe de le suivre. Là-bas, cachée par une maison dont le portail et les volets étaient clos, une tête avait apparu, disparu, apparu derrière la clôture en bois, et le corps sautait en vain pour s'en échapper ; des oreilles ainsi qu'un bout de nez, que la créature gardait en l'air comme on sort de l'eau ses narines pour ne pas qu'elles soient submergées par les vagues, dépassaient de la clôture au rythme irrégulier de ses bonds. C'était un chien qui aboyait à tue-tête, entre ses gémissements, mais dont les yeux auraient suffi à dire la panique, et qui cherchait à crier aux hommes qu'il était là, enfermé dans le jardin d'une maison quittée à la hâte, abandonné à son sort avec le mobilier. Le Moineau repéra un seau qui traînait là et s'en servit comme marchepied pour sauter par-dessus le portail ; il disparut derrière la clôture puis, après un grand bruit sec qui se faufila sous les casques, l'animal sortit en courant et se perdit en une seconde derrière la fumée qui assombrissait le quartier – le Moineau reparut à son tour, chercha une minute le chien, mais ne le retrouva pas. Probablement avait-il couru tout droit, se précipitant jusqu'au petit pont qui reliait le quartier aux parcelles pour l'instant intactes, pour rejoindre un coin où il attendrait, tremblant, de devoir fuir à nouveau.

La peur, depuis le premier jour, avait dans l'âme des mobilisés une place singulière : on la vivait comme gage de réalisme, pensant que ne plus avoir peur serait le signe qu'on se serait habitué au carnage et que, ne le craignant plus, on perdrait toute conscience du danger. Mais on la considérait aussi comme une ennemie, car il ne fallait pas trop penser pour se jeter dans les flammes : à trop peser les risques et conséquences, souvent on ne fait plus rien, on ne lutte pas – les jeunes hommes songeaient qu'ils lutteraient ou ne seraient pas. C'était là tout le tragique qu'ils sentaient croître en eux et qui, alourdissant leurs jours de la pénible impression de n'avoir pas le choix, de n'être pas libres, semait en même temps cette colère qu'ils avaient apprivoisée, jusqu'ici, dans leurs esprits tourmentés – on en sentait jusqu'en ville l'écho, et la hargne semblait prête à larguer bientôt sur le monde des hommes son trop-plein.

Tandis que, l'âme en berne, inquiète de savoir ce feu aux portes de la ville, la troupe n'en luttait pas moins, la peur prit aussi Bas-les-Monts, s'y déversa pour de bon après des semaines où elle avait erré, diffuse, s'oubliant sous la routine tant que celle-ci n'avait point trop changé de face. Il y avait, dans un quartier opposé à celui de l'église, un gymnase où s'entassaient depuis une semaine des gens qui, surpris dans la nuit cerbère, s'étaient éveillés sur des coups de poing frappés à leur porte – « Il faut évacuer ! » avait-on entendu crier. N'ayant emporté que ce que leurs réflexes avaient trouvé en premier, ils vivaient par dizaines au milieu de ces grandes salles plates aux lumières faussées, dormant sur le sol ou sur de vieux lits de camp, attendant des nouvelles de leur maison laissée à la solitude des quartiers désertés. Ailleurs dans le pays, certains évacués avaient pu rentrer : on avait écouté à la radio ces voix au bord du sanglot, manquant presque de pleurer de joie en retrouvant leur vie d'avant pas trop éparpillée ; sur les terrains de basket, de volley et de gymnastique, on les avait enviés, entre espoir et défaitisme. Il régnait dans la salle transformée en refuge le doux bruit amer d'une peur qui se sait partagée : quelques enfants braillaient, qu'on occupait comme on pouvait ; des bénévoles passaient, repassaient, les bras souvent chargés, le regard partout, à guetter ce qui manquait ; certains adultes se lamentaient à côté de ceux qui gardaient espoir, à côté de ceux qui avaient sur le visage une impassibilité remarquable ; puis il y avait les petits vieux, les petites dames et les petits messieurs qui pensaient à l'animal laissé chez eux, et aussi ceux qui avaient apporté leur travail et se trouvaient un coin d'illusoire calme pour s'y mettre, ainsi que des jeunes qui vagabondaient ou restaient sur leur lit, allongés, le regard vide et la tête pleine.

Les gens étaient là qui attendaient miracle ou malheur, pourvu que cela ne tarde pas trop : sans doute auraient-ils voulu accélérer le cours du temps en songeant à ceux qui se trouvaient sur le front et qui n'avaient, au fond, qu'un avantage, celui de savoir, de se rendre compte, vraiment, en temps réel.

Tandis que Joseph avançait droit sur une maison en retrait qu'on espérait encore voir épargnée ; tandis qu'un des camions roulait jusque-là en rempart et que Tommy, Maxence et les autres se dépêchaient de mouiller les murs de cette demeure, l'ayant désignée sans se le dire comme symbole, priant pour qu'elle ne brûle pas, se disant que s'ils sauvaient celle-là, il resterait un peu d'espoir au quartier ; tandis que Montiel lui-même, fort de son expérience, guidait ses hommes, la jeune femme à qui appartenait la maison se trouvait là-bas, dans le gymnase. Elle était assise par terre, adossée à un mur ; un nourrisson dormait sur sa poitrine, tout à son sommeil, dans le bonheur de qui, de l'état du monde, ne s'est pas encore aperçu. C'était un petit garçon de quelques semaines, que sa mère gardait serré contre elle en permanence, comme on glisse un porte-bonheur dans sa poche : elle lui murmurait sans arrêt, d'une petite voix frêle de moineau : « Papa va rentrer, papa va rentrer... » Du père, le fils n'avait pas encore le visage en tête : il était né après l'appel et tous deux n'avaient presque fait que s'apercevoir, le temps d'une permission vite interrompue, effrayé qu'avait été le jeune homme par l'envie de déserter qui lui était venue subitement, quand les minuscules doigts boudinés avaient entouré son pouce. Alors la mère continuait de dire, comme pour se convaincre : « Papa va rentrer, papa va rentrer... » Sans doute, quand les yeux gris de la jeune femme s'égaraient un instant ailleurs, dans le vide, au-delà du visage poupin dont les joues étaient déjà rieuses et les yeux tombants comme ceux de son père, sans doute dans ces moments voyait-elle la façade de cette maison que défendaient les gars corps et âme, une façade en brique rouge pâle, où était suspendue, près de la porte d'entrée, une grande libellule en fer forgé. Ses ailes étaient si fines qu'elles semblaient près de se briser. Le Moineau aussi regardait cette façade, sans rien dire, retenant de toutes ses forces les tressaillements dont il se sentait parcouru et qui passaient simplement sur son visage, de temps à autre, au travers d'un mouvement des sourcils incontrôlé ou d'un tremblement des doigts que ses épais gants dissimulaient.

Joseph, tout à côté de lui, avait les yeux posés sur la libellule quand un cri les en détourna :

— Ma main ! Ma main !

Le hurlement venait d'une maison à laquelle Joseph tournait le dos ; il regarda en arrière en même temps que Nino, constata que la bâtisse était pour une bonne moitié déjà destinée aux cendres et que Jean Capelli, replié sur lui-même, les genoux près de tomber au sol, tenait sa main gauche dont il avait ôté le gant. « Ma main ! » continuait-il de crier, jetant des regards obscurs vers une porte désormais en flammes

- il la qualifia de maudite dans un hurlement qui se perdit pour moitié sous son casque.

— Qu'est-ce qui s'est passé ? demanda Montiel, qui se précipita jusqu'à lui.

— Je me suis... - Capelli parlait par saccades, il lui venait un essoufflement dont Maxence, à son regard, sembla immédiatement douter - me suis... brûlé... Je croyais que... Un chien, dans le garage... Avec mon gant, je... ne pouvais pas ouvrir...

— Il y avait un chien dans le garage ?

— Non... mais je croyais.

— Et tu as voulu ouvrir sans gant, alors que partout autour ça brûlait ? demanda Tommy.

— Je ne sais pas, je... C'était comme un réflexe.

— Tu es gaucher, maintenant, mon gars ?

C'était Maxence qui avait posé la question ; Capelli ne répondit pas, ou à peine, et Montiel l'emmena au camion pour les premiers soins. La paume était brûlée, l'intérieur des doigts brillait d'un rouge suintant qui dégoulinait jusqu'au début du poignet - la chair à vif semblait fumer, taillait dans l'air une odeur de peau cramoisie, de viande grillée. Capelli, assis dans le véhicule, avait ôté son casque : une larme mécanique avait érodé sa joue. On lui fit un bandage éphémère qui tordit de douleur tous les muscles de son visage et de son cou ; quand cela fut terminé, il lui vint tout d'un coup des lamentations à l'idée de partir - tout de suite, il demanda au sergent : « Vous croyez qu'on va me démobiliser, chef ? » Et le sergent de lui taper sur l'épaule.

— Ne t'en fais pas pour ça.

Une heure plus tard, Capelli était aux urgences, fixant par-dessus la chair rouge le tissu blanc qui pour un temps priverait la main de tout mouvement, de tout air. Il passerait la nuit là et, si possible, ferait durer le lendemain matin. Sur le front, la troupe ne savait que penser : on ne se réjouissait pas de sa blessure, tout de même, par décence, on ne niait pas non plus que son départ représentait un soulagement. On se mit aussi à douter, assez vite, à se dire qu'il y avait mascarade sous l'accident – ce soupçon d'une lâcheté plus grande encore qu'ils ne l'avaient imaginée ajouta à leur rogne grimpante.

Il ne fallut à la nouvelle de l'accident de Jean Capelli que peu de temps pour parvenir en ville. On en parla de la maison de retraite à la boulangerie – Lola avait des deux côtés eu vent de l'histoire : selon les uns, le jeune homme tenait presque du héros, selon les autres, il était certain depuis le début qu'il partirait prématurément –, sans doute la nouvelle gravit-elle aussi le Mont-aux-Riches, n'ayant là-bas plus personne à informer que les sections qui y étaient déployées. Mais, de toute évidence, l'histoire ne vécut pas longtemps, ne provoqua pas dans l'esprit de la ville un retentissement durable : de fait, à cette nouvelle en succéda une qui fit, en dégoulinant partout sur les ruelles épuisées, bien plus de grabuge. Oui, cette seconde nouvelle éclipsa le cadet Capelli, et pour cause : la ville, qui s'était tant fâchée sur ces questions, sur les incertitudes quant à une future évacuation, n'était plus en proie au doute ; le maire l'avait parcourue, les gendarmes pareillement, frappant aux portes, les unes après les autres, pour s'assurer que le message était bien reçu – la ville fermait boutique, tirait les rideaux, tirait sa révérence, bref, devait tout entière être évacuée.

*

Sur une route qui s'entortillait entre champs et bois, loin du quartier brûlé où la maison à la libellule, seule, par on ne sait quel hasard qu'il serait peut-être judicieux d'appeler « destin », avait survécu, trois silhouettes glissaient. Les trois camions de la troupe avançaient sur la voie où l'on ne voyait qu'eux, s'approchant, dans le silence des sirènes éteintes, d'un décor tout gris, comme peint de poussière : c'était le bourg. Depuis les monts d'où ils descendaient, seul le clocher de l'église dépassait encore de la brume fumeuse, y perçant une brèche jusqu'au ciel.

— Où est-ce qu'ils vont aller ? demanda Pollen, qui pensait certainement à ses sœurs, à ses parents forcés de quitter leur appartement du centre-ville.

— Chez de la famille, des amis, pour ceux qui peuvent. Pour les autres, ce sera les structures municipales, du côté de la ville de Timeuil, d'après les informations que j'ai reçues, répondit Montiel.

— Chef, vous croyez qu'on en a encore pour longtemps ? demanda Maxence. Je veux dire, septembre est dans deux semaines. Après, ce sera la vie normale, vous pensez ?

— Est-ce que la vie est jamais normale ? murmura Nino.

— Pour l'instant, reprit Montiel, restez concentrés sur les tâches qui nous attendent encore aujourd'hui. Un jour à la fois, les gars. Jusqu'ici, vous avez fait du bon boulot, en dépit des conditions défavorables ; les vents, les évacuations de vos familles, et j'en passe. Il faut se dire qu'on doit continuer ainsi, ne pas relâcher la pression – on en viendra à bout, de ce monstre.

Le sergent, depuis le début, parlait de « monstre » pour désigner les feux les plus virulents; il ne disait pas grand-chose de sa vie en dehors de sa vocation de soldat du feu, mais un soir qu'il s'était manifestement senti l'âme prête à de rares confidences, les garçons avaient appris qu'à ses deux petites filles il avait l'habitude de dire, « Papa s'en va combattre des monstres », quand il allait sur le front - cela leur faisait un peu moins peur, avait-il dit, et un jour il avait découvert que c'était aussi avec ces mots qu'elles parlaient de leur père, quand à l'école on demandait le métier des parents.

— J'espère que ce sera bientôt terminé, soupira quelqu'un.

Tommy posa la main sur son épaule :

— Tu ne vas pas nous faire une Capelli, au moins ?

On hésita à rire mais le sergent lui-même sourit; l'expression était passée.

— Quand je pense qu'on est là depuis deux mois et demi et qu'il y en a qui se sont blessés au bout d'une semaine, dit Maxence, les yeux dans le vague.

— Oui, il y en a qui ne font pas long feu.

C'était Tommy, de nouveau; dans toute la grisaille de l'horizon, ils rirent doucement, pour se donner du courage avant d'arriver à destination.

Du pyromane, il n'y avait toujours pas de nouvelles; son feu, en revanche, était encore celui qui occupait de nombreux mobilisés et, après avoir englouti presque tout le quartier près du pont, il marchait à présent droit vers la ville, aussi Montiel reçut-il la consigne, à mi-journée, de se déplacer jusqu'à une colline où il s'agirait de changer de stratégie, pour passer à un mode opératoire plus offensif. De fait, on transportait ce matin dans les camions ces étranges outils, comme des extincteurs qui auraient mal compris leur tâche, ces genres d'arrosoirs qui, sur les herbes épargnées, versaient des flammes liquides et allumaient en lisière des contre-feux, dans l'espoir de combattre le mal par le mal, en le regardant se trahir pour s'étouffer lui-même.

L'escouade avait dormi à l'arrière des camions, la nuit précédente, si bien que de la ville évacuée ils n'avaient entendu que la rumeur et n'avaient de l'exode rien vu. Leur camp, qu'ils ne pouvaient toujours pas réinstaller dans la nature, restait dans l'église : c'était un endroit facile d'accès, proche du front mais d'où on le voyait venir, depuis le clocher qui offrait une vue privilégiée sur le relief boisé. Les gars furent donc bouleversés en traversant Bas-les-Monts dans toute sa longueur jusqu'à la nouvelle zone de combat qu'on leur avait assignée : lorsqu'ils y entrèrent, la ville vide les scruta de tous les yeux qui y étaient apparus – des chats errants, un rat qui sortait du parc en se dépêchant sur le bitume chaud, et même un sanglier déboussolé et quelques marcassins qui le suivaient de loin en remuant leurs courtes pattes sur les trottoirs. Ce fut le calme qui oppressa le plus les soldats, ce calme duquel ils s'étaient déshabitués, qui semblait les attendre là pour leur dire : « Voyez comme l'homme vite disparaît. »

Ils dépassèrent lentement une sorte de longue maison basse entourée de grillages ; c'était un refuge dont les animaux avaient été évacués également, ils avaient roulé à l'arrière de voitures pendant une paire d'heures, le temps qu'on les emmène jusqu'à un parc où ils avaient rejoint des confrères. La porte d'une des grilles était restée ouverte et, sous le vent sablé qui venait du sud, elle se balançait en grinçant – cette mélodie métallique, aiguë, semblait accroître le vide des lieux.

Plus loin, des maisons se ressemblaient, regroupées comme des familles jumelles, déposées sur de petites parcelles à la pelouse jaune. Elles étaient entourées de terrains de jeux où des toboggans allongeaient leur langue, clinquante des rayons du soleil, jusqu'au sol caillouteux. L'année précédente, le quartier avait fait parler de lui lorsque les habitants étaient passés à la télévision, sur la chaîne nationale, pour montrer en les longeant des doigts les larges fissures qui écaillaient leurs maisons. Le terrain bougeait, subissant inondations et sécheresses selon les saisons ; de même que les murs se zébraient, les terrasses commençaient à voir se disloquer leurs carreaux de pierre bleue. Certaines maisons étaient vides depuis un bon moment, elles avaient vu fuir leurs humains, qui au début du printemps, qui à l'aube de l'été, quand une nouvelle canicule avait recommencé à écarteler de ses doigts de misère les murs de plusieurs façades.

Apparurent ensuite, après le parc où des oiseaux étaient assis sur les bancs, dans l'attente vaine de l'homme aux pigeons qui ne venait plus les nourrir ni leur tenir compagnie, les contours du fleuve : l'eau ne remuait plus que sous la valse d'oies pâles. De hautes maisons se regardaient par-dessus les quais, sur cinq centaines de mètres, avant de laisser place aux rues commerçantes où régnait un silence sinistre. Ces rues-là s'éloignaient de l'eau pour s'approcher de la grand-place : sans doute les garçons, en y arrivant, revirent-ils son vaste cercle pavé débordant de tous les jeunes gens mobilisés, parmi lesquels se trouvait une bonne trentaine de filles volontaires, qui, un matin de juin, avaient grimpé tous ensemble dans les camions. Les vitrines des boutiques semblaient mises sur pause, on aurait dit qu'on entrait dans une ville qu'une pandémie avait cloîtrée ou décimée, laissant en place les mannequins immobiles sous leurs vêtements épinglés ; les livres, figurines et tableaux, en proie à la poussière ; et les meubles, malheureux dans toutes ces maisons vides que les volets gardaient dans l'obscurité.

Un des gars, de temps en temps, peinant à faire bonne figure, le visage un peu tremblant, disait : « C'est chez moi, ici », ou « La maison, juste là, c'est celle de ma tante », ou « Je travaillais dans cette quincaillerie, avant l'appel ». Ils ne passèrent pas par la rue de Nino, trop étroite pour les camions, mais le garçon confia à ses camarades que chez lui, c'était là-bas, au fond de cette ruelle ancienne, où à la fenêtre d'une des maisons voisines pendait encore une banderole aux couleurs du pays, accrochée là pour la fête nationale. Il n'y avait pas eu de feu d'artifice, cette année, on craignait trop que des étincelles tombent, transformant la fête en brasier.

Les soldats furent presque soulagés de sortir enfin du bourg où patrouillaient quatre ou cinq gendarmes, de temps en temps, pour vérifier qu'il n'y avait personne. Sur la route qui s'échappait de Bas-les-Monts, se perdant presque aussitôt au milieu des collines, personne non plus : ainsi ne virent-ils pas l'exode, la foule interminable de voitures s'éloignant, pressées mais au ralenti, embouteillées, les coffres pleins à craquer, parfois, ou les mains presque vides. Ils ne virent pas les habitacles où l'on suait à grosses gouttes sans trop savoir quoi dire aux enfants, qui regardaient derrière eux la ville rapetisser, ni les gestes précipités ou les visages renfrognés de ceux que le maire tâchait de convaincre de partir, ni ceux qui devaient fuir seuls, grimpant dans les bus que l'on avait affrétés tout exprès, soulagés parfois de trouver sur leur chemin un peu de solidarité quand ils faisaient le trajet à côté d'inconnus leur proposant à boire ou à manger. De même, ils ne virent pas Silvia, sur la route, qui avait les yeux fixés sur le paysage au-delà de la vitre, le haut du crâne appuyé contre la portière, sur ses genoux un ours en peluche que Nino lui avait acheté, des années auparavant, qu'elle serrait fort. Ses cheveux ondulés sentaient le bois du cerisier de son jardin, qu'elle avait pour lui dire au revoir juste avant de partir entouré de ses bras qui ne pouvaient l'enlacer complètement. Ils ne virent pas davantage Lola, partie avec son père dans la camionnette qui servait au ravitaillement, les mains en poches, serrées autour d'une bonne partie de ses petits papiers qu'elle n'avait pas eu le temps d'égarer là où elle espérait que quelques âmes rebelles les trouveraient. Enfin, ils ne virent pas non plus, sur les voies pleines de ces longues files fugitives, le vieux Jean et Ulysse, qui s'étaient éloignés au pas, comme s'il ne s'agissait là que d'une promenade : ils n'auraient pour rien au monde voulu faire autrement.

La troupe approchait de la zone de combat et les camions empruntèrent sur la gauche une petite route abîmée : c'était là que leur chemin cessait de suivre celui des évacués de la veille. Ils prirent la direction des bois embrasés, des arbres qu'ils sacrifieraient dans l'espoir que les contre-feux allumés suffiraient à dévier la trajectoire du monstre ; sur la route de droite, qui continuait à l'opposé de leur destination, on arrivait, après vingt bons kilomètres, à Timeuil.

Là-bas, dans diverses salles éparpillées à travers la ville, les gens de Bas-les-Monts attendaient, impatients, les nerfs à vif, que l'été se termine enfin, qu'il les laisse tranquilles pour ne revenir que dans longtemps, quand il serait calmé, inoffensif, s'il pouvait encore l'être un jour. Dans la salle des fêtes où des lits d'appoint étaient disposés les uns à côté des autres, au milieu de ventilateurs dont on sentait bien peu l'air, tant on avait l'impression de vivre, après la ville étuve, dans une serre, il y avait des habitants de divers quartiers, dont ceux de la rue pavée de Nino et ceux, évacués pour la deuxième fois, du quartier du pont. Ces derniers avaient la face meurtrie, on les voyait errer, tendus ou rabougris, tout à leurs pensées - un voile d'ombre couvrait leurs yeux qui peinaient encore à imaginer leur maison en cendres. La plupart avaient tout perdu et, déjà, des dons affluaient. Certains manquaient à l'appel : ils avaient trouvé un endroit où séjourner, ou bien on leur avait prêté un logement temporaire. Un homme seulement avait pu retourner chez lui; il faisait partie des chanceux car sa maison, isolée par trois cents mètres des autres demeures, n'était pas tombée tout entière et on lui avait permis d'aller chercher, sous le regard des autorités, les papiers et les médicaments dont il avait besoin en urgence et qu'il avait oubliés là-bas, dans sa fuite impromptue. Il revint au bord du soir dans la salle où, autour d'un repas que des voisins avaient apporté, les gens chuchotaient leurs craintes et leurs espoirs.

— Alors? lui demanda-t-on dès qu'on le vit revenir.

— Eh bien, je ne vais pas vous mentir, c'est… - il haussa les épaules, cherchant ses mots - désolant.

— Il n'y a plus rien, plus de maisons?

— Si, la plupart des maisons sont encore debout, mais à l'intérieur, on voit bien que le brasier est passé. Tout est recouvert de cendre, c'est gris, noir, c'est en désordre partout.

— Je me demande si ma caravane... - l'homme ne termina pas sa phrase, il croisa le regard de celui qui revenait : Tu l'as vue ?

— Je suis désolé, Patrice, mais on n'en devine même plus la couleur.

— Et chez nous, tu as vu chez nous ? demanda une femme, que son dos courbé semblait rétrécir.

— Il n'y a plus rien, ni le garage ni la véranda, tout est parti.

Elle ne put retenir ses larmes et, avec son mari, s'éloigna de quelques pas, dans le coin de la salle où étaient encore entreposés des baffles ainsi qu'un micro sur pied.

— J'ai croisé le maire, reprit l'homme - les voix de nouveau se turent, on se retourna vers lui. Apparemment, le Premier ministre viendra dans la région demain. Il passera sans doute par ici, puisque c'est nous qui avons subi le plus de pertes, il paraît.

— Qu'il vienne donc ! lança un vieillard. Ça lui remettra peut-être les idées en place.

Le maire de Bas-les-Monts, justement, arrivait. Aussitôt, les voix s'entremêlèrent : il y eut une agitation croissante, la peine et la colère virent là une occasion de sortir au grand jour et des enfants en profitèrent pour pleurer eux aussi, dont on entendit les voix grinçantes jusqu'au milieu de la rue.

— Un peu de calme, s'il vous plaît !

Le maire, sur le trottoir, faisait désormais face à ses administrés, vite sortis de la chaleur de la salle, où la lumière trop blanche ajoutait à l'inconfort, pour le rejoindre à l'extérieur.

Il leva les bras et, mains écartées, tâcha comme il put de calmer la vingtaine de personnes qui se tenaient là.

— Allons, allons, laissez-moi parler. On ne peut pas vous loger ailleurs pour l'instant, je sais que les conditions dans la salle des fêtes sont loin d'être optimales, malgré tous les efforts des bénévoles et de mon homologue, le maire de Timeuil, je sais... Mais pour l'instant, on n'a pas d'autre possibilité, comprenez qu'au vu de l'urgence...

On entendit des soupirs, des râles, quelques voix l'interrompirent en grommelant dans la petite foule d'évacués, où les « Chut, chut ! » d'une dame, ses « Mais taisez-vous, à la fin ! » ne parvinrent que difficilement à calmer ceux qui l'entouraient.

— Croyez bien que l'on fait tout ce qui est en notre pouvoir, mais la météo n'est pas de notre côté et je viens d'apprendre que les vents tourbillonnants sont, en ce moment même, en train de donner du fil à retordre à nos soldats.

— Et nos enfants, monsieur le maire, demanda quelqu'un, ils seront encore mobilisés longtemps, comme ça ?

— Oui, nos enfants, alors, et nos maris ! Ça ne peut plus durer ! Il y en a ici qui ont perdu leur maison et qui, en plus, se retrouvent seuls. Est-ce que vous trouvez ça normal, vous ?

— La question n'est pas là, messieurs dames, et puis vous savez bien que j'ai moi-même un fils sur le front. D'ailleurs, si j'avais eu quelques années de moins, j'y serais sans doute aussi. Évidemment, j'aurais préféré venir vous voir pour vous annoncer que vos maisons avaient été sauvées, que tous les mobilisés pouvaient revenir et reprendre leur vie normale, mais je ne peux pas, parce que ce n'est pas le cas. Quant à savoir quand ils seront de retour, je l'ignore, et pourtant je l'attends avec autant d'impatience que vous. Mais vous devez comprendre que la situation est grave et qu'on n'a pas le choix.

— Et ma maison, reprit le vieillard, le souffle court, ma maison que j'avais mis vingt ans à construire, comment je vais faire, maintenant ? Déménager, à mon âge ? Et avec quel argent ?

— Vous n'êtes pas tout seul, lui dit une femme tout à côté, une main sur son épaule.

— Ah ça non, il n'est pas tout seul ! s'énerva un autre. On a tous perdu notre maison, ici, pratiquement tous ! La mienne est irrécupérable, à ce qu'on m'a dit. Tout, parti en fumée. Bam ! D'un coup d'un seul. Alors on n'est peut-être pas tout seul à avoir vécu ça, mais on sera bien seul quand on retournera chez nous, que tout sera bon à jeter, qu'il faudra se reconstruire un foyer digne de ce nom !

— Bien dit, c'est exactement ça ! lança l'homme à sa gauche.

— Les assurances vous aideront, monsieur Dupriez, répondit le maire. Les feux seront considérés comme des catastrophes naturelles et vous, comme des sinistrés. Vous recevrez des aides.

— Ce serait bien la première fois !

Le ton, de nouveau, monta.

— Il paraît que le Premier ministre vient nous rendre visite demain, s'exclama une voix féminine qui attira sur elle l'attention des évacués. On lui demandera, à lui, ce qui se passera ensuite. Parce que depuis combien de temps sait-on que les feux, quand ce ne sont pas les inondations, vont forcer des gens à aller vivre ailleurs ? Depuis combien de temps sait-on très bien que tout ça va dégénérer et on laisse faire, on regarde, en se disant qu'on va passer au travers ? On voit bien, désormais, qu'il n'y a pas que sur les autres continents que des gens doivent migrer. On n'est pas immunisés, ici, et les canicules, les sécheresses, ça n'arrête plus. Eh bien quoi ? Chaque année, maintenant, les hommes seront mobilisés pour lutter contre les feux, jusqu'à ce que ce soit vraiment invivable ? Combien de temps encore va-t-on continuer à faire comme si de rien n'était, à faire comme si on ne savait pas que c'est tout le système qui doit changer si on veut que les générations futures, non pas vivent bien, mais vivent tout court ?

La foule se calma : des visages acquiescèrent tandis que certains, plus timides, avaient dans le regard comme une impassibilité soudaine, ou un vide, quelque chose de l'inconscience qui tirait parfois vers le désaccord. C'était Lola qui venait de parler ; la jeune femme croisa les bras sur sa poitrine, dissimulant sous ses coudes ses mains qui tremblaient du fait de s'être ainsi exprimée devant tous. Elle obtint de cinq ou six sinistrés autour d'elle des regards compatissants, encourageants, et un ou deux poings levés, accompagnés d'un cri affirmatif.

Lola, de la réponse du maire, n'entendit pas grand-chose et au fond cela importait peu – il avait, non sans quelque habileté, préféré changer de sujet. Les yeux dans le vague, elle sentit sur son bras la main de la dame courbée dont le sommet du crâne lui arrivait à l'épaule.

— Si le maire de Timeuil avait été là, il vous aurait répondu, lui. C'est bien la première fois que j'apprécie un homme politique. Et pour cause : lui, il ne veut pas en être un.

On parla de longues minutes encore devant la salle des fêtes, mais quasiment pour ne rien dire. Sur le front comme à la ville, le temps passait et le soleil, derrière la forêt, disparut en mille gouttes suspendues entre les troncs. À l'intérieur, la chaleur persistait ; dans un coin, près d'un ventilateur bourdonnant, Lola avait le lit voisin de celui de la mère de Nino et de Silvia. La petite fille s'approcha d'elle et vint s'asseoir sur le lit de camp, son ours en peluche toujours dans les mains.

— Pourquoi ça brûle ? demanda-t-elle soudain.

Lola ne sut que répondre.

— Eh bien, les forêts brûlent souvent en été parce qu'il fait chaud et sec et qu'un rien peut mettre le feu, alors ça rebondit d'arbre en arbre, et c'est pour ça que ça va vite.

— Les arbres aussi, ils ont trop chaud ? Et les animaux ?

— Oui, tout le monde a trop chaud.

— Moi, j'ai soif.

Lola lui tendit la bouteille qu'on lui avait donnée à l'entrée. La petite poursuivit :

— Mais si j'ai trop chaud, moi aussi, est-ce que je peux prendre feu ?

— Non, non, ma puce, tu ne vas pas prendre feu. On ne brûle pas comme ça.

— Ah ! Tant mieux. Ça fait peur, le feu.

— Ne t'en fais pas, on est en sécurité, ici.

— Et Nino ?

— Nino, il est avec plein d'autres garçons, et des filles aussi, et ils font en sorte que ça brûle le moins possible.

— C'est dangereux ?

— Oui, mais il fait bien attention, tu sais.

— Je voudrais aller à la cabane. Avec Nino, on a une cabane dans la forêt. C'est là-bas qu'il est, Édouard, maintenant.

— Édouard ?

— Mon chat qui est mort.

— Ah oui, Édouard...

— Tu viendras avec moi ? Et comme ça, on verra Nino !

— Quand on pourra y retourner, oui. Je viendrai, si tu veux.

La nuit tombait, désormais. Lola s'était éloignée pour aller auprès du vieil homme : il s'était d'un coup senti défaillir. Les résidents de la maison de retraite où la jeune femme travaillait avaient été accueillis dans d'autres centres de la région ou à l'hôpital, et l'épouse du vieillard, qui perdait la tête jusqu'à oublier qui elle était, avait souffert du trajet ; son état de santé s'était fortement détérioré. L'octogénaire en était tout remué et Lola essayait de le calmer – « J'ai le cœur fragile, il lui disait, si ça continue, elle va me survivre, mon Élise ; je n'aurais jamais cru ça, avec sa maladie » – quand ses mots de consolation furent interrompus par du bruit, une voix qui se cassait. Près de l'issue de secours, une dame manqua de tomber : on la rattrapa par le coude, pour l'asseoir sur un lit de camp. C'était une nouvelle du front qui était arrivée et, en entendant ce qui s'était passé, on se regarda en silence : la salle des fêtes se remplit des mines déconfites des sinistrés.

Sur le fin matelas était assise, le visage dans les mains, secouée de sanglots, la dame avec son nourrisson, celle dont la maison à la libellule avait été épargnée. Son mari – ils s'étaient dit oui un an plus tôt, à l'église de Bas-les-Monts –, un civil mobilisé, venait d'avoir un accident. Les gars de sa troupe et lui étaient partis pour une zone où ils allaient allumer un contre-feu et, à cause des vents tourbillonnants qui s'étaient soudainement levés, ils s'étaient retrouvés piégés au milieu du brasier, dans des colonnes de fumée qui couvraient d'un gris opaque tout le décor autour d'eux, leur laissant un sentiment aveugle. Les soldats, durant leur brève formation, avaient appris qu'il fallait regarder partout, au milieu des feux, en l'air également; lui n'avait rien vu de ce qui arrivait. Un arbre, calciné du sol à la cime, était tombé. Il avait soulevé des cendres autour de lui et un bruissement de tonnerre qu'on aurait pu prendre pour un orage à l'approche. L'homme n'avait pas même eu le temps de s'apercevoir que c'était toute la moitié supérieure de l'arbre qui chutait au-dessus de lui - bloqué sous l'écorce, inconscient, une jambe tordue, les paupières closes, il gisait au sol sous le tronc qui le cachait des cuisses au buste et semblait l'avoir jusqu'au ventre enfoncé dans le sol.

— Il est à l'hôpital, annonça-t-on à l'épouse, dont le nourrisson, l'imitant, se mit à pleurer. Son état est critique... On ne sait pas, pour l'instant, s'il s'en sortira.

Mille mains, autour d'elle, hésitaient à l'enlacer, dans une tentative de consolation qu'on savait d'avance impuissante - quelques-unes se lancèrent tout de même, mais le dos de la jeune femme sembla ne pas s'en rendre compte; il y eut alors, tout autour des sanglots, un lourd silence comme seules en produisent les foules abasourdies.

La salle des fêtes, cette nuit-là, s'endormit bien malheureuse - et fut pour moitié insomniaque, comme, à des kilomètres, la troupe. Les jeunes gens avaient l'esprit ailleurs, les yeux dans le vague, les jambes tremblantes; sous la haute nef de l'église, le Moineau ne sifflait plus. De lui, ses camarades ne savaient toujours pas grand-chose, même après plus de deux mois. Ils ignoraient qu'il avait un petit garçon de quelques semaines qui lui ressemblait déjà – dans la poche de son uniforme, c'était une photo de son échographie qu'il regardait sans cesse. Ignoraient qu'il habitait la maison à la libellule qu'ils étaient parvenus à sauver. Ignoraient désormais s'il se relèverait un jour. L'escouade, exténuée par l'effort et par le choc de l'accident, eut droit à une paire d'heures de permission – on n'entendit, ce soir-là, personne ronfler.

*

Alors que la nuit était tombée depuis plusieurs heures, un léger bruit d'insomnie et de tristesse prenait ainsi ses aises sous les vitraux de l'église, illuminés par la lune oblique. Joseph avait rouvert son carnet : depuis de nombreux jours, il n'avait pas eu le temps d'y écrire plus de deux ou trois lignes. Il ne restait qu'une page et, en dépit de tout ce qu'il y aurait eu à dire, il ne trouva rien à noter sur l'ultime feuille blanchâtre. Il était resté longtemps allongé sur le dos, à fixer le plafond de pierres vieilles de plusieurs siècles, quand Nino, à côté de lui, murmura :

— Tu ne dors pas.

Il ne tourna pas la tête pour répondre, de même que Nino garda les yeux sur la voûte, à sept pierres d'intervalle.

— Je ne crois pas que beaucoup dorment, ce soir.

— Nino ?

De l'autre côté du garçon – Joseph était à sa gauche, c'était de sa droite que venait la voix –, Pollen chuchotait pour l'appeler.

— Vous ne dormez pas ?

— Qui dort, ce soir ?

Leurs voix basses s'entendaient à peine.

— Je ne dors pas non plus, dit Jules depuis le lit de camp où son corps était ramassé en un petit monceau replié sur lui-même.

— Et moi non plus, ajouta Tommy, un peu plus loin. Je suis à la fois exténué et certain que le sommeil ne viendra pas.

Pendant une minute, on ne dit rien ; on entendait seulement des soupirs et comme une onde de soulagement de n'être pas seul à ne savoir que faire de ses pensées. Puis un reniflement soudain et la voix tremblotante de Jules résonnèrent :

— Je ne supporte pas ce lit vide à côté de moi. Je ne le supporte pas – il parlait lentement, comme pour laisser à ses mots le temps de sortir de sa bouche pâteuse, déformée. Depuis le premier jour, on a toujours dormi l'un à côté de l'autre. « Le doyen et le benjamin », il disait.

Personne ne sut quoi répondre et, un instant encore, on ne repéra dans l'ombre que le bruit du reniflement irrégulier, jusqu'à ce qu'un lit grince légèrement, que des draps se froissent et que l'on devine une silhouette qui s'asseyait au bord du matelas.

— Vous voulez que je vous montre quelque chose ?

C'était Tommy. Il n'eut pas à répéter sa question, pas plus qu'il ne dut s'expliquer : en une seconde, il se leva, prit dans le sac au pied de son lit une lampe de poche et marcha vers le chœur ; les quatre jeunes hommes le suivirent sans mot dire.

Près du tabernacle, trois marches descendaient vers une petite porte arrondie en bois ancien, presque cachée derrière un renfoncement. Tommy prit une clef posée sous le tapis de l'autel, qu'il avait trouvée le premier jour, ayant vu faire le curé : il ouvrit la porte, tendit la torche à Pollen.

— Passe devant, lui demanda-t-il.

— Pourquoi ?

— Tu es plus grand que moi et je n'aime pas me prendre les toiles d'araignées sur la tête.

Devant eux, la porte donnait sur un escalier au bas duquel s'étirait un couloir exigu, que les gars longèrent au milieu de piles de vieilles bibles, de bougies aux trois quarts fondues et de partitions éparpillées, avant de parvenir à une pièce presque entièrement vide, n'étaient une fenêtre haute de sous-sol, que des grilles entravaient, et un piano, debout contre un mur.

— Comment tu as découvert ça ? demanda Jules.

— Un soir, trois ou quatre jours après notre installation ici, j'avais du mal à dormir. J'ai visité.

Il prit la lampe des mains de Pollen et la posa sur le sol, de sorte qu'elle éclaire le mur avec le piano, laissant dans la pénombre les cloisons opposées.

— D'après ma propre expérience, on n'entend rien du tout de ce qui se passe ici, dans la nef.

Tous sourirent en l'écoutant puis Tommy s'installa sur la chaise en paille face à l'instrument, tandis qu'ils s'asseyaient sur le sol.

— Tu sais jouer ? lui demanda Joseph.

— Non.

Mais il se mit à jouer tout de même et aussitôt une mélodie romantique sortit du piano et fit presque oublier ses touches désaccordées – elle sollicitait les notes les plus graves du piano et emplit toute la pièce comme pour la priver du goût et de l'odeur de renfermé, de moisi qui y stagnaient. Les gars eurent l'impression de se nettoyer les poumons du relent perpétuel de fumée qui les suivait à la trace. Sous le poids de Tommy, on aurait dit que la chaise allait céder, mais elle tenait bon – elle tint bon des heures encore. Tommy le comique, de toute évidence, était un pianiste de talent; quand parfois il s'arrêtait, il ne disait rien sinon « Ça m'avait manqué », ou « J'avais peur de ne plus savoir », et la nuit s'écoula ainsi. La musique, dans la petite pièce sombre, à défaut du sommeil, calma les pensées tristes des soldats qui ne cessaient de se répéter : *Cela ne peut pas continuer ainsi.*

Ils reparurent à la surface à l'aube, sans qu'on leur demande rien, encore bouleversés par ces heures dernières qui avaient trop brassé d'émotions différentes pour que l'on revienne aisément à la réalité du monde. Il le fallut bien, toutefois, alors les cinq garçons allèrent s'asseoir avec leurs camarades près de la porte de l'église, s'efforcèrent de manger un peu. Il restait dans la nef les provisions réunies par les habitants et Maxence s'empara d'une pastèque que les étés de plus en plus chauds permettaient désormais de cultiver dans cette région. Il se débrouilla pour couper le fruit, chacun trouva une cuillère ou un objet qui en tiendrait lieu; la pastèque passa de main en main.

— Vous croyez qu'il s'en sortira ?

Maxence, enfin, osait poser la question; il fallut toutefois du temps avant que l'on réponde – le sergent s'en chargea, le visage encore marqué, tiré de fatigue : il parut à ses hommes nettement plus vieux que les jours précédents.

— Il faut espérer. Il a été pris en charge rapidement - il hochait la tête, puis sembla se raviser. Mais ça reste un accident grave. Ces arbres qui chutent sans prévenir, les « faiseurs de veuve », comme on les appelle parfois, c'est parmi les choses qu'on doit le plus redouter... Je ne voudrais pas vous casser davantage le moral avant de partir mais je ne veux pas vous mentir non plus : les nouvelles que j'ai eues ne sont pas réjouissantes. Pour l'instant, rien n'indique qu'il survivra, et s'il y arrive, ce ne sera sans doute pas sans séquelles.

— Il y a eu de nombreux blessés graves, jusqu'ici ?

— Des blessés, il y en a eu des vingtaines, peut-être même des centaines. Des blessés graves, dans tout le pays, plusieurs dizaines.

Le fruit continuait de circuler, chacun le creusant un peu plus chaque fois.

— J'ai l'impression que ça n'arrêtera jamais de brûler, souffla Pollen.

— Ça s'arrêtera bientôt, c'est certain ; le problème, c'est plutôt les années qui viennent. Parce que ça reprendra tous les étés, je suppose.

— Tous ces arbres en moins et toute cette fumée en plus, poursuivit Jules. On ne va pas manquer d'air, à un moment ?

Montiel haussa les épaules. On continua quelques secondes à discuter ; Nino, pensif, ne disait rien, et le sergent finit par s'éloigner pour aller étudier les cartes de la zone où ils se rendraient un instant plus tard. Mais, alors qu'ils allaient se lever à leur tour, les gars se retournèrent vers Nino, qui avait commencé par marmonner pour lui-même avant de s'éclaircir la voix et de poursuivre tout haut le cheminement de sa pensée.

— On est devenus fous avec notre système, fous jusqu'à nous détruire nous-mêmes, sans nous soucier d'où ça allait nous mener. Et voilà où ça nous a déjà menés ! Ce qu'on vit maintenant, je ne vois pas comment appeler ça autrement qu'une guerre, différente, certes, avec son propre système, ses propres absurdités, ces millions de gens qui s'y retrouvent mêlés sans trop savoir pourquoi, sans se rendre compte qu'ils n'y sont pas complètement pour rien, qu'ils ont joué un rôle, même s'ils n'en ont pas l'impression. Souvent, j'y réfléchis et je crois que tout ce chaos, là, qui nous entoure, même avant la mobilisation, tout ce chaos, je crois qu'il vient de ce qu'on a trop transformé ce monde et tous ceux qui y vivent en machines ou en marchandises.

Il marqua une pause ; plus loin, des soldats préparaient leurs affaires, mettaient dans des caisses des provisions pour la journée, mais ceux qui étaient restés à ses côtés acquiesçaient, bien qu'avec mollesse parfois. Joseph, à ces mots de « machines » et « marchandises », sembla plonger dans ses pensées, se frottant mécaniquement les paumes ; ses amis étaient pareillement à leurs réflexions quand Nino reprit.

— Des machines ou des marchandises, oui. Et pour quoi ? Ou plutôt pour qui ? Si ce système a prouvé maintes fois combien il est nuisible pour l'environnement, pour les gens et les êtres vivants de manière générale, alors pourquoi est-ce qu'il est ainsi ?

— Parce qu'il y en a à qui ça profite, répondit Maxence, jouant par réflexe avec son briquet.

— C'est ça, il y en a qui ont tout intérêt à ce que les choses restent telles qu'elles sont parce qu'ils y gagnent un maximum et que, entre la justice, le respect et l'argent, ils ont choisi. Même entre l'avenir et l'argent, ils ont choisi. Et pendant ce temps, tout le monde se prend à leur jeu parce que, au fond, comment faire autrement? Ils ont réussi à créer un cercle vicieux où chacun doit accepter leurs règles pour avancer, pour vivre. Mais à quoi bon, si c'est pour les enrichir, n'avoir qu'une illusion de liberté, et tout détruire au passage du monde qui nous entoure?

— C'est difficile de ne pas aller dans le sens du système, pensa tout haut Tommy. C'est difficile parce que c'est à peu près ce que tout le monde fait, et que celui qui ne se comporte pas de la même manière, sans doute qu'il sera vu comme un marginal, et surtout, comment il s'en sortira, pour avoir une maison, à manger? On voit où ça mène; regardez le sans-abri du quartier des Arcades.

On acquiesça. « Ah oui, c'est vrai... » - on avait presque oublié cette histoire et seuls Joseph et Jules restèrent silencieux, mal à l'aise. Le benjamin n'avait pas raconté aux autres que le sans-abri, c'était John, son ancien et cher beau-père.

— Le problème est là, précisément, reprit Nino. On a à la fois trop et pas assez : si on veut un système juste, il faut se révolter, mais on a trop à perdre pour oser le faire. Le peu de confort qu'on a, un toit, de quoi se nourrir, se vêtir, une voiture, peut-être faire des voyages, tout ça, ce serait risquer de le sacrifier.

— Cercle vicieux, conclut Maxence.

La conversation continua ainsi une minute ou deux encore et, lentement, tous les liens entre les injustices, les inégalités, les discriminations du monde semblaient se découvrir à leurs yeux. On se disait, on travaille pour vivre, cela tient presque du réflexe, mouvement mécanique, comme si c'était le but premier de notre existence. Travailler pour produire, pour consommer, savoir qu'on n'y gagne pas grand-chose, se douter peut-être même qu'on y perd davantage ; mais continuer ainsi, espérant être libre un jour. Mais si ce jour advient, y aura-t-il encore des fragments de monde en état pour que l'on y jouisse d'une liberté chèrement payée, à coups d'angoisse et de vieillesse ? On se disait, nous sommes les rouages d'une machine gigantesque qui nous aspire le sang en même temps que la sueur et qu'on pense incassable, indétrônable, jusqu'à la croire norme, alors qu'elle n'est qu'un système, un système qui peut mourir et qu'il faudrait détruire sans doute pour survivre, un système que des hommes systématiques ont inventé non pas pour que le monde marche mais pour que leur monde tourne, tourne et tournicote en pouvoir, en liasses de billets de banque invisibles, faisant de nous des machines et de tout ce qui nous entoure des marchandises. Non, on se disait, ce n'est pas cela, être libre, il y a trop d'injustices pour ne pas tomber dans l'absurde, chuter dans l'abîme de l'insensé jusqu'à l'insensible – et en même temps, on avait l'impression d'être et de demeurer rouages, malgré toute la colère qui nous envahissait ou qui aurait pu, qui aurait dû nous envahir, de demeurer mécaniques par quelque lâcheté incompréhensible ou par peur, qui sait, d'être vraiment libres. Pourtant, on rêvait encore.

— Alors, qu'est-ce qu'on fait ? demanda finalement Joseph.

Ses camarades ne surent que répondre : rien du monde ne semblait pouvoir être sauvé tant qu'il y aurait sur Terre tant de gens, que l'argent aurait tant de pouvoir, que la masse des hommes et des femmes obéirait – mais aussi tant que l'on se dirait que la paix ne pouvait s'obtenir que par le pacifisme, coupant ainsi court à nos ambitions révolutionnaires, enfouies en nous à coups de scrupules et de principes.

Et puis, on repartit au front. Parce qu'il le fallait bien, parce que les feux, toujours, brûlaient. Mais tandis que les garçons avançaient jusqu'aux camions, Joseph et Nino aperçurent, derrière une des tables sur tréteaux, une caisse de provisions qui semblait oubliée. Ils allèrent ensemble la chercher : ils virent à l'intérieur des baguettes que Lola et son père avaient apportées, avant d'évacuer la ville. Nino en prit une, voulut en rompre un morceau pour voir si le pain était encore bon, ne sachant pas exactement depuis quand il se trouvait là ; quand il sortit la baguette du sachet de fin papier marron, une petite feuille tomba à ses pieds. Il la ramassa et lut le message qui y était inscrit, en lettres découpées dans des journaux, se doutant que c'était l'œuvre de Lola mais sans imaginer que chaque tract était aussi passé entre les mains de Silvia, à la découpe. Il redressa la tête vers Joseph pour lire de nouveau, à voix haute cette fois.

— « Laissez brûler le vieux monde. »

Un instant, ils demeurèrent intrigués, pensifs, mais la voix de Montiel arrivait du parvis de l'église et, une minute plus tard, laissant là le pain dur comme de l'écorce, ils montèrent à leur tour dans les camions et partirent avec le reste de la troupe en direction de la colline nord, où les caprices météorologiques de la veille avaient conduit le brasier.

En approchant de la ligne de feu, les gars eurent l'impression que cela recommençait pour la millième fois. Hormis les conditions qui changeaient sans cesse en fonction du vent, de la topographie, de l'intensité, des stratégies mises en place pour la lutte, les gestes semblaient devenus mécaniques. Mais cette mécanique de la lutte était différente de celle du travail parce que sensée – du moins le croyaient-ils. Les véhicules se frayèrent un chemin à travers les sous-bois : deux soldats, à pied, les dirigeaient pour ne pas que les pneus crèvent sur une souche ou qu'ils se retrouvent bloqués pour l'une ou l'autre raison – le terrain aussi était un adversaire coriace qui pouvait renfermer des pièges, qu'importaient les roues énormes et crantées. Les ronces étaient légion et le sol paraissait cabossé, comme défiguré par une guerre passée. Déjà, les mêmes gestes, les lances, les pioches, la réserve d'eau à surveiller, se répétaient; on suait à grosses gouttes sous le soleil qui n'avait, depuis l'appel, pas capitulé un seul jour. Tout était mis à l'épreuve : le courage, les jambes, les mains, la fraternité, la patience, la logique – tout, il fallait avoir les yeux partout, et l'âme entière au devoir. De plus en plus, cependant, la fatigue déconcertait les mobilisés, moins vifs qu'aux premiers jours – on avait l'impression de devoir se concentrer davantage pour n'être pas plus efficace.

— On peut le taper, là ! cria Montiel.

Le sergent ne lâchait jamais et les garçons avec lui avaient appris l'acharnement. Un arbre haut, à côté de Maxence, s'embrasa d'un coup; le jeune homme dut faire un bond en arrière. Tous les regards de la troupe surveillaient en l'air, régulièrement, en pensant certainement au Moineau, par peur d'être assommés à leur tour, assommés sous leur tâche. La zone ici n'avait pas été débroussaillée, si bien que le feu avançait vite, profitait de chaque herbe, de chaque branchage qui traînait sur la terre sèche pour avaler du terrain, se répandre toujours plus loin. Les troncs se couvraient de flammes, comme des torches qu'une procession aurait allumées une à une jusqu'à illuminer tout le sentier. Sous leurs appareils respiratoires, les gars gardaient une impression de suffocation, comme s'ils étaient restés là trop longtemps, comme si tout optimisme était vaincu d'avance et ne parvenait plus à raviver les forces et le courage.

Joseph et Nino avançaient en première ligne, ouvraient une brèche dans le brasier, cherchaient une faille – face à eux, la forêt brûlait, c'était à se demander s'il y avait dans le pays encore quoi que ce soit à embraser : chaque minute contredisait ceux qui espéraient que, bientôt, tout cela s'éteindrait de soi-même, comme las de la saison, chassé par l'automne dont on continuait d'implorer l'arrivée précoce. Pollen, plus loin, courait jusqu'aux camions-citernes, à une vingtaine de mètres, qui arrivaient pour les ravitailler en eau. Là-bas, on brancha les tuyaux, on en déroula, on surveilla.

— C'est reparti pour un tour ! lança Tommy.

Ils se trouvaient sur le mont qui, durant la nuit, avait été frappé par un éclair. Un orage était passé, qu'ils avaient à peine perçu depuis l'église – Tommy et ses camarades, dans le sous-sol, ne s'étaient doutés de rien. Pourtant le tonnerre avait gémi au loin de longues minutes, assez longtemps pour que l'on espère, dans les gymnases et partout dans la région, sur le front ou dans les villes qui priaient pour n'être pas évacuées, qu'avec la tempête vienne la pluie. On avait tendu l'oreille, parfois on s'était levé, scrutant aux fenêtres, par-delà le relief, l'épais nuage qui porterait l'eau salvatrice ; mais c'était un orage sec. On s'était rendormi, ne croyant plus à la pluie, craignant au contraire les éclairs – c'était une inquiétude légitime : la foudre avait fini par chuter sur le monde, touchant un frêne à mi-hauteur sur la colline, d'où le feu s'était ensuite propagé, rameutant les troupes. Celle de Joseph et Nino prenait la relève, ce matin ; derrière elle, un versant presque entier avait déjà été calciné, dans une zone où il n'y avait plus rien à voir de la forêt qui avait vécu là – que des cadavres haut perchés d'arbres sans feuilles et à l'écorce ébène, creusant le contraste avec les bois fournis mais pris d'assaut devant eux. En contrebas, le feu persistait en sous-sol depuis plusieurs heures ; une autre section s'y trouvait encore. Les gars ne la distinguaient pas, perdus qu'ils étaient sous la fumée et la canopée qui résistait tant bien que mal ; ils ne voyaient presque rien du tout, en réalité, quand ils entendirent Montiel.

— Repli ! hurla-t-il. Repli !

Une violente bourrasque avait projeté des brandons et les jeunes gens restés auprès des camions, plus proches de la route, avaient vu le feu escalader les arbres de l'autre côté jusqu'à la cime, menaçant de les encercler sous peu.

— Repliez-vous ! cria encore Montiel.

Les mobilisés, en hâte, durent rouler les tuyaux, ranger les lances et courir vers l'arrière. Devant eux, le brasier semblait lui aussi se dépêcher pour autour d'eux refermer un piège, si bien que Joseph et Nino, parmi les plus avancés, échappèrent au cercle en traversant de petites flammes dont ils n'étaient protégés que par leur uniforme. On remonta dans les camions et il fallut déguerpir ; Montiel prit la radio pour s'adresser à ses hommes, dans les trois véhicules.

— Il faut descendre, ordonna-t-il. Je reste en lisière avec les deux premiers camions ; Maxence – il conduisait le troisième, celui de Joseph –, vous poursuivez jusqu'à Saint-Marc.

Il y a une usine, un peu éloignée de la route, vous vous y installerez. Vous êtes bien six ? Vous assurerez les arrières, au cas où le feu viendrait jusque-là. Nino, tu seras aux commandes. Entendu ?

— Entendu, sergent.

Montiel donna encore quelques consignes tandis que l'on avançait sur la route en pente, approchant du bas de la colline. La troupe se sépara : deux véhicules prirent à droite un sentier où surgissaient les premières flammes, et les deux gars qui devaient guider les conducteurs descendirent ; l'autre prit à gauche, pour continuer sur le bitume. Il y avait là le petit groupe de la nuit, les cinq camarades qui s'étaient rassemblés dans la pièce avec le piano, plus Maxence ; il ne leur fallut pas longtemps pour arriver au bas de la colline – sur la route, droite durant plusieurs centaines de mètres, ondulait un mirage. Le soleil frappait de plein fouet le pare-brise et les lieux étaient déserts. À gauche, une allée tournait perpendiculairement et, tout au bout, dissimulée par des arbres, sans qu'aucun panneau l'indique, comme si l'on avait voulu la cacher, se trouvait l'usine. Ils la sentirent avant de l'apercevoir, soudain baignés dans une odeur nauséabonde qui les prit à la gorge et qui, à la humer trop fort, donnait l'impression de dissoudre les bronches, de laisser en bouche un goût de pourriture. C'était un bâtiment entre le gris et le blanc, plat comme un camp, allongé, dont ils ne distinguèrent ni l'entrée ni la sortie, au bout d'un immense parking triste.

— C'est ici ? demanda Maxence.

Jules sortit de nouveau son caméscope – ils ne le remarquaient plus, à force, oubliant même qu'il y aurait de leurs efforts la moindre trace, s'étant accoutumés, non sans mal, à ne plus voir que les cendres, la forêt exsangue. Il filma les lieux, un long plan fixe, comme pour capter l'immobilité lourde du bâtiment, enregistrant en même temps les paroles de Nino.

— Nous y voilà. C'est donc ça, Saint-Marc.

L'abattoir, depuis trois jours, avait à son tour été évacué car le feu s'en approchait - encore plus depuis que la foudre avait allumé un nouveau foyer. Les employés étaient au chômage technique, si bien qu'il régnait là une atmosphère étrange, presque silencieuse, où demeurait toutefois, dans le vide alentour, le souvenir des jours et des vies passés.

Ce ne fut pas sans peine que les mobilisés, qu'un ras-le-bol prenait à mesure que le temps s'écoulait sans que la situation s'apaise, se remirent à la tâche, scrutant l'horizon de bois sous la fumée et les bourdonnements du ciel, cherchant sur la carte les sources d'eau et les informations utiles, préparant le matériel pour arroser les points chauds. Les garçons ressentaient sur le parking vide la touffeur aggravée par le béton et le bâtiment qui les éblouissait de son blanc souillé. Ils ôtèrent leur casque, leur veste, restèrent en tee-shirt sans se soucier de leurs bras qui brûlaient sous le soleil de quatorze heures ; Nino, adossé au camion, étudiait toujours les cartes, gardant près de lui la radio au cas où un imprévu perturberait les ordres ; Pollen éternuait, qui ne s'était pourtant pas mouché depuis trois jours ; Joseph et les autres déroulaient les tuyaux.

— Non ! s'écria soudain Tommy. Ah non, non... j'y crois pas !

— Qu'est-ce qu'il y a ?

— On va louper le Premier ministre. C'est aujourd'hui qu'il doit venir en ville.

Ils se mirent à rire.

— Pas de chance, ajouta-t-il, ironique.

— Ça nous aurait fait une belle jambe ! dit Maxence.

Il ne leur fallut pas longtemps pour installer leur zone de surveillance. Nino était sur le toit du camion, les jumelles devant les yeux, quand d'épaisses fumées s'annoncèrent : on entendit des sirènes gravir la route jusqu'au front et rejoindre la troupe restée là-haut. Trois avions fendirent le ciel, puis la radio s'alluma sur la voix hors d'haleine de Montiel ainsi que des cris autour de lui.

— Accident, accident sur la zone nord, renfort demandé ! Nino, restez où vous êtes, entendu ?

— Entendu !

Le temps que soit coupée la radio, ils devinèrent encore le bruit du front, percevant dans le calme désertique du parking la détresse qui épuisait là-bas leurs camarades – leurs visages s'assombrirent, se fermèrent, demeurèrent clos sur leurs pensées. Ils s'inquiétaient de cet accident en cours, ignorant tout de qui était impliqué ; de nouveau ils se sentirent impuissants, pris au piège, rouages.

Le ciel devint noir, s'y perdaient les bombardiers, petites taches jaunes qui disparaissaient et en ressortaient pantelantes, comme si les pilotes là-haut titubaient ; on vit au-dessus de la canopée les flammes grandir, bondir pour avaler, enragées, chaque are que les soldats essayaient d'épargner. Hormis Joseph et Nino, qui repensèrent à la vue depuis la chapelle Sainte-Anne, jamais jusque-là les gars ne s'étaient sentis aussi petits, aussi insignifiants, et leur vint l'impression de se battre avec des parapluies contre des bombes. Devant eux avançait le brasier : pas un ne put, à cet instant, lutter contre la certitude soudaine de n'être qu'un pion de bois que le feu prendrait en une seconde. Alors, tout d'un coup, les six amis debout sur le parking, dos à l'abattoir, ressentirent plus de colère que de peur – de ces colères que les illusions, une fois envolées, légitiment véritablement, de ces colères salvatrices dont on pressent qu'elles ne faibliront pas, parce qu'elles sont devenues partie de soi, conséquence du monde, qu'elles y ont un terreau presque infini ; de ces colères qui s'assument dans la plus grande lucidité, qui, radicales, sont rationnelles, et ont dès lors une obsession, une seule, qui devient comme un sixième sens et suinte partout du corps en un mot : *Justice !*

Nino, soudain, de sa poche où il l'avait gardé, sortit le petit papier trouvé le matin même dans le sachet des baguettes. Il le déplia pour le montrer aux autres.

— *Laissez brûler le vieux monde*, cria-t-il. Laissez brûler le vieux monde ! C'est ça ! C'est ici, les gars, c'est ici !

D'abord ils ne comprirent pas, hormis Joseph qui se tourna vers l'abattoir, devinant ce qui agitait tout d'un coup Nino, comme une vérité enfouie en lui-même qu'un sursaut de conscience dévoilait au grand jour – comme si quelque compréhension du monde lui était apparue qu'il devait transmettre.

— Machines ou marchandises, nous disions encore ce matin, les gars. Machines ou marchandises ! s'exclama Nino, marchant trois pas, se retournant vers l'abattoir, puis vers les cinq soldats qui le fixaient, tout ouïe. Quel lieu incarne plus ce système que l'abattoir ? C'est là la quintessence de ce monde, de cette idée que l'on naît machine ou marchandise, et que rien ne compte plus que cette fonction. L'abattoir, c'est le symbole même de la vie réifiée, rendue rentable, privée de toute considération, de toute dignité. Des animaux par milliards ici massacrés, sans nécessité véritable, pour les besoins d'une industrie parmi les plus nuisibles, les plus néfastes pour l'environnement ! Une industrie qui dicte de raser des forêts sur d'autres continents, pour qu'y soit cultivée la nourriture destinée à ceux qui deviendront de la viande, pour y construire des fermes immenses ; et qui dicte par ici à peu près la même chose ! L'abattoir, c'est le lieu type de l'obéissance aveugle, de la complaisance, de l'habitude qui ignore tout des malheurs qu'elle engendre. Il n'est pas un endroit sur Terre où les êtres vivants soient davantage traités en marchandises, et en machines pour ceux qui y travaillent. Les gars ! Regardez ! Regardez comme ce bâtiment est invisible, comme si l'on voulait s'assurer que personne, en le voyant, ne puisse douter de ce qu'on considère être la norme, de ce qu'on dit être naturel, quand c'est devenu insensé...

Il tendait derrière lui son bras, sa main pointant l'abattoir : Joseph ne pouvait s'empêcher de jeter des regards vers Jules, repensant à l'histoire de John. Comme s'il avait entendu ses pensées, Nino reprit.

— Et le sans-abri, vous vous souvenez ? On en parlait ce matin ! À la rue, après avoir quitté Saint-Marc, l'abattoir, on nous a dit, et puis noyé à quelques kilomètres de chez nous...

Jules, à cette évocation, blêmit, baissa sa caméra vers le sol, oubliant de l'éteindre. Ils commençaient à comprendre, à s'agiter à leur tour – on aurait dit qu'à la fumée des feux s'ajoutait celle de leurs esprits en ébullition, plus que jamais conscients du monde, comme lorsqu'un matin Tommy avait dit à Joseph, pensif : « Arrête de réfléchir, mon vieux, ton cerveau nous enfume ! »

— C'est ça, le vieux monde. C'est l'incarnation de tout ce qui nous a menés où nous sommes, dans cette galère monstre, dans ce brasier, reprit Nino tandis que tous marchaient jusqu'au bâtiment où l'odeur des carcasses persistait.

Les soldats regardèrent l'abattoir, sans doute pensèrent-ils à la ville vide, fantôme, aux sinistrés parmi lesquels il y avait leur famille, entassés ici et là, aux milliers de mobilisés partout dans le pays et chez les voisins aussi, aux cadavres d'animaux qu'ils avaient à peine reconnus, aux animaux fuyant, à ceux qu'ils avaient sauvés de justesse, aux cendres qui volaient sur tant de forêts du continent – ils se turent un instant, peu à peu sentirent en eux monter tant de doutes qu'il en ressortit bientôt une certitude : là, devant eux, c'était le vieux monde. Cela *devait être* le vieux monde, s'ils ne voulaient pas que le nouveau, l'aube dont ils rêvaient, disparaisse avec lui. S'ils ne voulaient pas être parmi les dernières générations de vivants. C'était le monde qui avait fait de l'existence de tant d'êtres un asservissement brutal, dépourvu de sens, injuste, hérité de père, de mère, en fils et filles – c'était ce monde-là qui avait construit cette guerre-ci, les avait faits soldats, les forçant à se battre pendant que ceux qui les avaient envoyés là ne faisaient rien pour que change le cours des choses. Tant que l'abattoir existerait, il y aurait des vies machines, des vies marchandises – et quand on a pour le vivant si peu de considération, la guerre, le crime, les pires abominations ne sont jamais bien loin, ne sont jamais à l'abri de surgir ou de se reproduire.

— Alors, qu'est-ce qu'on fait ? se demanda-t-on une nouvelle fois.

Un instant, on ne dit rien, gardant les yeux fixés là-bas sur l'abattoir, imaginant de tous les côtés les bois, les villes qui attendaient, impatients et nerveux, de découvrir leur sort prochain ; au-dessus d'eux, le ciel était opaque, comme trop plein des têtes guillotinées ici-bas. Puis, enfin, Nino reprit la parole :

— Laissons brûler le vieux monde. Refusons d'obéir, si c'est pour sauver cette société-là qui est une guerre perpétuelle. Désertons.

# IV

Septembre vint. La lune éclairait d'un voile jaune la calvitie forestière des collines et le mercure des thermomètres, depuis cinq, peut-être six jours, s'était contracté. Le vent, comme d'un commun accord avec le ciel, s'était mué en un souffle très léger qui brassait à peine la surface de la terre en cette région du monde. L'étendue autour de Bas-les-Monts, en de nombreux endroits, avait viré au gris noirâtre, et l'horizon semblait immobile sur une mer d'écorces lasses des semaines passées à s'atrophier dans le brasier. On s'était fait à l'idée, en ville, qu'on ne retrouverait jamais le pyromane dont on avait perdu la trace, mais son feu, doucement, obéissait aux ordres des soldats, se tassant, s'écrasant, jusqu'à ne survivre plus qu'au travers des fumerolles qui gesticulaient ici et là. Les nuits n'étaient plus orange, de même que les jours, enfin, revoyaient du ciel le bleu impur. Montiel, à sa troupe amputée, disait : « Ça y est, on en est venus à bout, de ce monstre » – chuchotant ces mots, comme pour ne pas tenter le diable, ayant l'air de considérer avortée d'avance toute possibilité d'un nouveau foyer; on savait que cela pouvait repartir, même en hiver, on se disait aussi cependant qu'après trois mois de lutte furieuse un peu d'optimisme, même naïf, était bienvenu.

Saint-Marc avait brûlé. Avant de se rendre, le feu avait pris une ultime colline et, comme pour savourer sa gloire mourante, il s'était allié au vent pour la dévaler, cependant que la cime de ses flammes, plus vivace, gagnait les hauteurs. Le brasier était alors arrivé jusqu'à l'abattoir et, gobant d'abord le camion de l'escouade, celui qui avait conduit jusque-là Joseph, Nino et leurs frères de lutte, il avait dévoré ensuite le bâtiment immense, plat et blanchâtre, dont il ne resta plus que les murs à moitié fondus sur un désert de métal suant. Le bruit de l'abattoir agonisant semblait plein des cris de ceux qui y étaient morts un jour, il se perdit dans l'air en un fracas artificiel : ça vous attrapait par l'estomac, vous hurlait dans les oreilles, jusqu'à ce que votre crâne gonfle, que vos yeux ne sachent plus où se poser ailleurs que sur cette maison des massacres massacrée à son tour. Les gars, pendant un temps, avaient regardé approcher les premières flammes, puis celles qui s'étaient engouffrées dans l'abattoir, pionnières. Il y avait des bois, de tous les côtés, au-delà du parking et du bitume : ils ne partirent pas avant d'avoir noyé toutes les zones susceptibles de brûler vite. Car il n'était pas question de ne plus se battre – simplement, ils avaient désormais de la lutte une vision différente, réaliste, qui leur disait de refuser de livrer bataille par obéissance; il leur fallait agir par conviction, dès lors s'ensuivait un besoin de cohérence. Oui, à leurs yeux, leur mission était belle, nécessaire, aussi chaque feu qu'ils éteignaient ou circonscrivaient était une victoire – toutefois ils ne croyaient plus en la fin de cette guerre s'ils éteignaient des feux sur l'ordre de ceux qui sans cesse en allumaient d'autres.

La nouvelle de leur refus de sauver l'abattoir fit le tour des sections, de la ville évacuée dans les gymnases, des villages alentour, de la région, puis du pays tout entier. On les appela « les déserteurs ». Nombre d'hommes ne comprirent pas, dénoncèrent leurs actes, pointèrent du doigt ce qu'ils prenaient pour un manque de courage, la conséquence d'un ras-le-bol du front, une excuse ou une mascarade, et en furent presque à crier à la trahison. On entendit parler d'un certain Nino, qui avait entraîné les autres dans sa folie : on affirma n'être pas étonné, car on avait toujours jugé étrange cette famille, avec une institutrice veuve qui laissait sa petite fille suivre le frère aîné dans les bois. On crut à une secte et à beaucoup de choses, effrayé qu'on était par l'audace de ces jeunes gens, coincé par une imagination qui, faisant défaut, criait à l'utopie ridicule. Aussi les six camarades durent-ils, dès les heures qui suivirent l'annonce de leur désertion, trouver où aller. Ils marchèrent longtemps, sans destination véritable au départ – puis Nino se remémora son rêve d'un refuge d'artiste dans les bois ; Joseph lui sourit, ils s'étaient compris.

Il se disait dans le pays qu'ils étaient cachés quelque part en ville, dans une cave ou un grenier où l'on venait les ravitailler ; ou bien qu'ils étaient dans la forêt, où ils montaient un maquis, convainquant soldat après soldat, jurant à tous qu'il fallait fuir ce monde, le laisser brûler ; ou bien qu'ils s'étaient perdus dans les collines et, selon les bouches qui le racontaient, leur errance était volontaire ou accidentelle ; ou encore qu'ils avaient rejoint leur troupe, que cette histoire de désertion n'était qu'un complot, une légende ; ou enfin qu'ils marchaient vers le Mont-aux-Riches, préparaient un coup d'État, quelque chose qu'on ne savait comment appeler et que certaines lèvres désignaient, dans un chuchotement d'espoir, comme la révolution, la révolte qu'ils attendaient, impatients, et guettaient, les yeux brillants.

Les jours passèrent et, pendant que la rumeur enflait, se déformait, prenait mille visages qui se coloraient de lumière ou d'ombre selon qui la propageait ou l'entretenait, pendant que partout l'on parlait des déserteurs, de Saint-Marc en cendres, Bas-les-Monts se repeuplait. Dans les gymnases, les auberges, les refuges où étaient agglutinés les sinistrés, le maire, ses adjoints ou d'autres encore avaient apporté la bonne nouvelle : la ville pouvait rentrer chez elle, les foyers rouvrir leur porte, les boutiques reprendre leur activité, les rues se ranimer – en somme, on pouvait revivre, pour un temps au moins.

Dès lors, on vit l'exode revenir sur ses pas ; sur les routes s'allongeaient des files de réfugiés, qui réapparaissaient comme à la fin d'une cavale forcée, les visages émus d'avoir cru tout perdre pour tout revoir ensuite – du moins ce fut ce que l'on se dit d'abord, mais le retour en ville signifiait aussi le retour au pied de ces collines qu'on avait pour seul horizon et qui, parfois sur des kilomètres, avaient noirci de part en part, comme si leur chevelure verte s'était évaporée, elle aussi, sous la canicule. Au fond, ces retrouvailles avec les maisons abandonnées, aussi heureuses fussent-elles, ne laissèrent guère stagner les illusions insouciantes, une fois qu'on se rappela les problèmes d'eau et le reste – c'est alors que de petits papiers rebelles investirent le bourg. La rumeur colportait que c'était l'œuvre des déserteurs, qui semaient dans les boîtes aux lettres ces courriers anonymes : ils témoignaient du front, disaient combien l'engagement devait être partout pour espérer vaincre, imploraient que l'on se révolte, que l'on désobéisse, que l'on déserte le monde des hommes, le monde machine ou marchandise.

On était loin de se douter qu'en ville les jeunes hommes n'étaient pas, et que l'instigatrice qu'ils avaient pour alliée et qui les inspirait était une jeune femme discrète, infirmière et fille de boulanger, qui les rejoignait à la nuit tombée sur un coin des collines. Là-bas, les déserteurs s'efforçaient de donner raison à ceux qui répandaient le bruit d'un maquis en construction préparant la révolte. Jules, seul, avait douté, quand ses amis étaient devant l'abattoir à parler mutinerie : il s'était inquiété pour sa mère, déjà triste de l'avoir laissée seule si longtemps - puis il avait songé à la revanche que cela pouvait être pour elle de voir brûler le lieu qui avait marqué la fin de leur vie heureuse avec John. Alors il avait suivi tout de même et, la rumeur de la désertion grondant parmi les mobilisés, le petit groupe de six s'était vu croître - et cela continuait.

Un matin que les boîtes à lettres se réveillaient avec de petits papiers rebelles prêts à s'ouvrir dans toutes les mains complaisantes ou résistantes de la ville, dans la rue pavée de Nino, des sabots claquèrent : c'étaient le vieux Jean et Ulysse qui, traversant le bourg, retournaient eux aussi à leur colline. Silvia les entendit passer et, regardant sur son chemin la porte toujours fermée de la chambre de son frère, elle entra dans la sienne, ouvrit grand les volets, les yeux tantôt sur le relief, tantôt sur le ciel lourd de nuages bas que les bourdons métalliques, enfin, avaient quitté. Elle cherchait le troglodyte qui avait ses habitudes dans le jardin exigu à l'arrière de sa maison quand, observant la haie d'aubépines, elle aperçut une ombre. Elle la scruta de longues secondes mais la silhouette remuait à peine : doutant de ce qu'elle avait repéré, elle descendit en hâte l'escalier, sortit et marcha doucement sur l'herbe jusqu'à la haie. Elle avait bien vu : un chaton arrivait, un petit chaton roux qui semblait avoir échappé depuis peu à une maigreur d'abandon. Il se laissa approcher, craintif, mais rapidement, comme reconnaissant une vieille âme, accepta que la petite fille le prenne dans ses bras où elle le caressa longtemps, écoutant les histoires qu'il lui racontait par ses miaulements frêles d'enfant.

— Tu es tout seul ? D'où est-ce que tu viens ? demanda-t-elle.

Elle regarda les aubépines et se dirigea vers le coin du jardin, près de la clôture trouée à travers laquelle le chaton, sans doute, était arrivé ; par le trou, qui donnait sur des sentiers broussailleux derrière les maisons où personne ne s'aventurait jamais, elle aperçut une nouvelle tache, blanche cette fois – un bout de papier. Son bras étroit se faufila jusqu'aux pavés où poussaient des herbes sauvages, elle attrapa la feuille et lut ce qui y était inscrit, reconnaissant au premier coup d'œil l'écriture.

« Je l'ai trouvé sur les collines, tout seul, près d'un abri abandonné comme celui où repose Édouard. Je te laisse choisir son prénom. Un de mes camarades a proposé Flamme ; qu'en penses-tu ? Ici, la révolte s'organise. Je reviendrai bientôt, ne t'en fais pas. Je t'embrasse, Nino. »

Elle replia le papier et le garda longtemps dans son poing fermé, pendant que les ronronnements du chaton emplissaient l'air encore lourd de la fin d'été. Elle contemplait au loin les collines, le sourire aux lèvres en songeant à son frère, quand elle sentit quelque chose tomber sur elle et renversa la tête pour observer les nuages – il pleuvait.

Conception graphique : Philippe Apeloig.
Composition : Utibi.

Imprimé par Grafica Veneta à Trebaseleghe (Pd).
Dépôt légal : mai 2023.
Imprimé en Italie.

ISBN : 978-2-207-17815-7.

**600027**